悪役令嬢はヒロインを虐めている場合ではない 2

登場人物紹介
ジーク
レーナの婚約者で
公爵家子息。事なかれ主義で、
当初はレーナの顔すら
覚えていなかった。
氷の魔法を自在に操る。
レーナ
自由奔放でガッツのある悪役令嬢。
魔力量と学力は少々低め。
転生先の乙女ゲーム世界で
自由に生きることをモットーにしている。

フォルト
レーナのはとこ。
ツンデレで世話焼き。
甘いものに目がない。
リオン
レーナの休暇先で
ダンスを教えることに
なった先生。なにやら
秘密があるようで……
シオン
攻略対象の一人。
教会の元神官で、レーナと
血の盟約を結んでいる。
可愛い外見に反してドS。
ミリー
レーナの取り巻きの一人。
おっとりした性格。時々
ものすごい失言をする。
アンナ
レーナの取り巻きの一人。
抜群のスタイルの持ち主。
しっかり者で少し心配性。

プロローグ

悪役令嬢に転生する物語のお約束といえば『断罪』。

どうして突然、私がこんなことを言っているのかといいますと……

なにを隠そうこの私——遥《はるか》が、『王立魔法学園』を舞台にした乙女ゲームの悪役令嬢『レーナ』、現在十三歳!? になってしまったからであります。

つり目がちな緑色の瞳と、金髪縦ロールがトレードマークの公爵令嬢レーナ・アーヴァイン。そんな彼女には、銀髪碧眼の、目を奪われるような美貌を持つジークという婚約者がいた。

クラエス公爵家の嫡男《ちゃくなん》で、なんでもそつなくこなせてしまう彼に、ゲームの中のレーナは夢中だった。

だが、夢中になりすぎてしまったために、彼に近づくゲームヒロインを虐めまくり、挙句《あげく》の果てにジークの手によって社交界を追放されてしまうのだ。

せっかく転生したんだし、断罪なんてまっぴらごめん！

『ジークには関わらず、お嬢さまとして楽しく生きる』をモットーに、ヒロインとジークを避けていたのだけれど……

攻略対象の一人、はとこのフォルトに嫌味を言われたり、もう一人の攻略対象である神官・シオンと森の中で恐怖の鬼ごっこをしたりと、楽しいお嬢さま生活とはほぼ無縁。

さらには、学園に侵入していた教会の治癒師・グスタフに殺されかけ……私が掲げたモットーとは真逆の異世界生活を送っているのだった。

でも、夏休みの間はそんな波乱万丈の日々を忘れられる。

というのも、王立魔法学園には、遠くから来ている生徒が一度領地に戻れるようにちゃーーんと長い夏休みがあるのだ。

ゲームではヒロインも攻略対象も、夏休みの間は学園都市に留まる。

まぁ、『攻略対象者全員が夏休みの間、自分の家に帰りました。学園にはヒロインだけです！』ってことになったら、乙女ゲームとして成立しないから当然ではある。

理由はなんであれ、主要メンバーが学園に残ってくれることは私にとって好都合。

学園に残らなければ、ヒロインも攻略対象達もレーナに絡みようがない。

つまり、私が自分の実家であるアンバー領に帰れば、彼らを避けることに神経をすり減らす必要もないし、厄介事に巻き込まれる心配もなくなる。

領地に帰ったら、レーナの取り巻き兼友人のアンナとミリーとショッピングをしたり、観劇したり、美味しいものを食べたり……今度こそお嬢さまとして夏休みを最大限に楽しむんだから!!

皆。グッバイ、アディオス！

待っていてね、私の夏休み……いや、バカンス！

一　バカンスを楽しんでいる場合ではない

夏休み初日の早朝。私はレーナの実家があるアンバー領へと、アンナ、ミリーとともに馬車に揺られて向かっていた。

学園都市をぐるりと取り囲む城壁はあっという間に見えなくなり、私達を乗せた馬車は護衛に守られながらアンバー領へ続く街道を進む。

馬車の椅子はふかふかでお尻は痛くならないし、簡易なテーブルでお茶もできちゃうし、乗り心地はなかなか快適。

私はこれまで巻き込まれた厄介事をすっかり忘れて、アンナとミリーと楽しくおしゃべりに花を咲かせていた。

「レーナ様、このスコーンとっても美味しいですわ。どうぞ召し上がってください」

私がお菓子を食べ終えたことに気がついたミリーが、すばやく私にスコーンを勧めた。

ミリーは青いふんわりとした髪と、口元のほくろが可愛らしい女の子だ。いつもおっとりとした口調で話し、たまにうっかり失言することがあるけれど、基本は気遣いのできるとてもいい子だ。

「ええ、ありがとう。いただくわ」

私はミリーからスコーンを受け取り、テーブルの上に置かれていたクロテッドクリームをたっぷりつけて口に運んだ。その様子をミリーはニコニコしながら見つめる。

「レーナ様、スコーンにはこちらのお茶が合います。今ご用意いたしますね」

ハキハキとした調子で私に声をかけたのは、もう一人の取り巻きアンナだ。彼女はキリッとした目元と、赤いポニーテールが印象的な女の子で、スタイルは抜群である。

アンナは私に微笑むと、馬車の中ではあるけれど慣れた手つきでお茶を用意し始めた。

――なんて最高なのかしら。これよ！　こういうのよ！　私がしたかったことは。

美味しいお菓子とお茶をたしなみながら、この間のサマーパーティーでミリーとアンナがイケメンとダンスをした話を聞いて、三人で笑ったりするのがいいのよ。

腹黒のサイコキャラクターに追いかけ回されるとかではなく。

攫《さら》われて自力で塔から脱出する羽目になるとかでもなく。

生命の危機に直結するような事件に巻き込まれ『誰か私を助けて!!』って展開でもなく。

私はただ、普通に楽しく過ごしたいだけなのよ！

いけない。ついつい、心の声が大きくなってしまった……

レーナに転生してからというもの、もうホント勘弁してくださいの連続だった。

我ながらツイていないと思うが、そんな生活とはもうおさらばよ。

攻略対象達が集まる学園都市から離れれば、もう誰も私を厄介事に巻き込めまい。

ご学友との楽しいおしゃべりと、おいしいお菓子にお茶。私の夏休み、幸先がいい。

「夜の色を閉じ込めたような藍《あい》色の瞳がとても素敵で。ダンスの間、その瞳で見つめられていると考えたら、私緊張してしまって」

ミリーはダンスを踊った時のことを思い出して、うっとりとした表情でため息を吐いた。

「私も素敵な男性を見かけて、ぜひ一緒に踊りたかったのですが……叶わなくて……」

アンナもミリーに続いて、サマーパーティーで見つけたイケメンの話をする。しかし彼女は、ミリーのように目当てのイケメンと踊ることはできなかったらしい。口惜しげに唇を噛んだ。

「そんなに素敵な方でしたの？」

やっぱり乙女ゲームだから、攻略対象以外にもイケメンがいたのかしら。

思わず私は食い気味に質問してしまう。

それに、アンナとミリーは真剣な顔で頷いた。

私、二人が絶賛するイケメン達を見逃した……

ダンスは踊れなくても、せめて顔だけでも拝見したかった。二人が太鼓判を押すくらいなのだから、相当イケメンだったただろうに。

サマーパーティーの時は、ジークのせいでイケメンを観察する余裕がなかったからなぁ。

あぁ……どうしてイケメンが会場にいないかチェックしなかったの？　と過去の自分を責めてももう遅い。

他にも、あの人はダンスもお上手だっただの、容姿はどうだっただの、どのタイプに分類されるイケメンかだの、見逃した私に詳細に話してくれた。

「ダンスという口実がなければ、あの距離に入ることはできませんでした」

ミリーがいつになく真剣な顔でそう言ったのを聞き、私は決意した。

——あぁ、ダンス踊れるようになろう。

決めた。絶対に夏休みの間にダンスを習得してみせるんだから!!

ダンスにかこつけて至近距離でイケメンを拝みたい……悪役令嬢でも、そのくらいは許されるはずよ。

次は私もジーク以外のイケメンと踊る、なんとしても！　と邪《よこしま》な気持ちから、別の野望が今誕生した。

馬車は途中で数度休憩をはさみ、夕方には今日宿泊する街に到着した。

結局話が盛り上がりすぎた私達は、食事とお風呂が終わった後、私の部屋に再集結した。そして、夜通しおしゃべりをしてしまった。

そのせいで、二日目は馬車の中で、スプリングの利いたふかふかな椅子に全身を預け皆で爆睡だった。

だって、ふかふかなんだもの。普通寝ちゃうわよ。

結局次の日も宿に着いたら、今度はアンナの部屋に集まって、夜通しおしゃべりして翌日は馬車の中で爆睡。

馬車の休憩場所もちょっとした観光地だったし、宿の料理も美味しい。夜はオールでおしゃべりしてって……楽しすぎる、まるで修学旅行のよう。

そんな風に、ワイワイしながら領地までの移動を楽しんでいた最後の夜、私達はミリーの部屋に集まっておしゃべりをしていた。

ベッドに寝そべりパジャマ姿で話し込んでいた時、寝室の扉がノックされた。

もう夜も遅く、就寝していてもおかしくない時間だ。

「どうぞ」

不思議に思いながら返事をすると、メイドがおずおずと顔を覗かせた。

「このような時間に申し訳ありません。実は、御者《ぎょしゃ》が緊急でお嬢さま方にご相談したいことがあると。寝室に招き入れるわけにはいきませんので、お手数ですがリビングにお越しいただけませんか？」

そう言われて、私達は顔を見合わせた後、羽織をかけるとリビングへと移動した。

リビングには御者《ぎょしゃ》の男性が帽子を抱え、緊張した面持ちで立っていた。

身分の高い私達を、使用人である自分が夜遅くにわざわざリビングに呼び寄せたのだ。処罰の可能性もあり得るがゆえに、顔色が悪い。

「お嬢さま方、このような時間に申し訳ございません。同じアンバー領に行かれる方の馬車の車輪が壊れたそうで……修理を試みたのですが、代わりの部品の目処《めど》が立たず」

あらー、馬車が壊れた人がいるんだ。ご愁傷様《しゅうしょうさま》である。

「それで、あの。先方に、明日こちらの馬車に同乗できないかと相談されまして……。私一人ではとても判断できませんので、お嬢さま方のご意見を伺いたく。……いかがいたしましょう」

御者《ぎょしゃ》は手と声をぶるぶる震わせている。

私達の馬車は大きくて広い。本来六人程度は乗れるところを、三人でゆったりキャッキャッしているのだ。

アンナとミリーは、当然私の出方を窺《うかが》った。

ん～、どうしよう。でも、普通であれば私達に話を持ってくる前に断るはず。ということは、相手は無下に断われない人物なのかもしれない。

「明日にはアンバー領に着くのですから、乗り合わせてもかまいませんわよ。ただ、あちらに着きましたら、とびっきり美味しいお店を教えてくださいませと伝えてちょうだい」

「かしこまりました」

御者《ぎょしゃ》は安心した様子で返事をして、そそくさとリビングを出て行く。

「一体どんな方なのかしら。レーナ様の馬車と知って、向こうは同乗をお願いされたわけですよね」

御者《ぎょしゃ》の姿が見えなくなると、アンナが首を傾げつつそう漏《も》らした。

そうなのだ……私が乗っている馬車だとわかっていて頼める人物……って誰だろう。

「気になりますわ。それにしても……明日は馬車の中で眠れませんね」

ミリーはクスリと笑って、こちらに目線を向ける。

「ホント……今日は夜更かしできませんわね」

私はミリーに小さく笑みを返した。

それから私達はミリーの部屋に戻り、早々に一つのベッドの上で眠りについたのだった。

次の日。お世話になった宿を後にすると、馬車の前に、今日乗り合わせることになった相手が立っていたんだけど……

あぁ……

あぁ……

嘘でしょう……

私の目がおかしいのかな……。本来ならここに絶対居るはずのない、見覚えのある金髪と黒髪の人物が……私ったら疲れているのかしら。

「ごきげんよう。レーナ嬢、アンナ嬢、ミリー嬢。今日は世話になる」

「おはようございます。レーナ様、アンナ様、ミリー様。本日は馬車に同乗させていただけるとのことで、大変助かりました。馬車の空きが当分ないらしくて、このままだと何日もここに滞在する羽目になるところでした」

そう言って、金髪と黒髪の人物――フォルトとシオンが私達に深々と頭を下げた。

どういうこと？　なんで？　攻略対象は夏休みの間、学園都市に留まるんじゃないの？

どうして二人が私の安息の地、アンバー領に来るのよ！

なにかの間違いじゃないの？　ああ、きっとそっくりさんだわ。

「まぁ、ごきげんよう。乗り合わせの相手は誰かと思えば、お二人でしたのね。シオン様、髪を切られました？」

アンナがニコニコと挨拶したことで、そっくりさん説は消えた。そういえば、シオンの目にかかっていた前髪がすっきりしている。

「ごきげんよう。とびっきり美味しいお店。楽しみにしておりますわね」

見知った人物だったこともあり、ミリーも二人に向かって気さくに笑う。

「レーナ様？」

アンナが挨拶をしない私に不思議そうな顔を向けた。

「ちょっと待って。どうして二人がこちらにいるのですか？」

「どうしてって……実家に帰るだけだが……」

フォルトは怪訝《けげん》な表情を浮かべながら私の質問に答える。

そりゃ、夏休みに自分の実家に帰るのはおかしいことじゃないけど。

「僕は、公爵様……っとレーナ様のお父様から、事件や教会のことで聞きたいことがあるからと招待を受けたんですよ～。髪は流石《さすが》に公爵様の前であれじゃまずいかなって、切っちゃった」

シオンはシオンで私の父からの招待……

レーナの中身が私と入れ替わり、いろいろあったことでシナリオが大幅に変わってしまっている⁉

フォルトは、公爵家直系の令嬢にもかかわらず、好きな男のあとを追い回し、我が儘放題しているレーナのことをよく思っていなかった。

直系であるレーナが子供らしく遊び、恋に現《うつつ》を抜かす一方で、傍系のフォルトの両親は厳しい教育を彼に強いた。レーナが他領に嫁いだ後、フォルトはアンバー領の領主になる可能性があるからだ。

そこから生まれた不満が、レーナだけでなく両親にも向き、ゲームではアンバー領に夏休みに帰らなかったのだろう。

ところが、婚約者であるジークから酷い扱いを受けようとも、自身が政略結婚の駒であることを理解し気丈に振る舞い、少ない魔力で懸命に努力するレーナの姿を見て、フォルトは考えを改めたようだ。

その結果、ゲームのように夏休み中実家に帰らない理由がフォルトになくなってしまった!?

神官として学園にいたシオンは、所属していた教会から抜けて私の下についたため、学園都市に残って治療を行い、お金を稼ぐ必要はない。

また、先日のグスタフ事件のせいで教会の規模はかなり縮小したらしく、シオンを引き戻すだけの力はもう残っていないだろうとのこと。

私がアンナとミリーと楽しい旅をしている間に、攻略対象二名が学園都市にいないという、とんでもない夏休みが始まっていたのだ。

ゲームでは絶対にあり得なかった展開になってしまっている!

どうなる……私のバカンス!?

「あの……レーナ様、そろそろまいりましょうか?」

アンナは、魂が抜けたみたいに呆けている私の顔色を窺《うかが》いながら、馬車に乗るよう声をかける。

私はコクリと頷いて、ふらふらとした足取りで馬車に乗り込んだ。

アンナ、私、ミリーの順に椅子に座る。その向かいには、フォルトとシオンが座った。

「フォルト様はてっきり学園に残られるものかと思っておりました」

アンナがそう切り出す。すると、フォルトが少し困った様子で口を開いた。

「学園であのような事件が起こって父も母も心配していたから、帰ることにしたんだ」

「シオン様はやはり公爵様と事件のことを話されるのですか？」

ミリーがおずおずとシオンに質問した。

「んー事件の報告もそうですが、僕はもう教会の神官じゃないので、公爵様から新しい後見人の件で話を聞きに来るように言われて。それでフォルト様の馬車に一緒に乗せてもらっていたのですが、車輪が壊れちゃって困ってたんですよ。レーナ様の馬車がちょうど同じ街にいるなんてツイてました」

アンナ、ミリー、フォルトがいるせいか、シオンはお行儀よく、天使のような笑みを見せた。

まったくこっちはアンラッキーである。これから不安しかないわ。

どうか、楽しい夏休みになりますようにと、私はＬＵＣＫＹネックレス様を握りしめ、ひっそり祈りを捧げた。

シオンはアンバー領に行くのは初めてだそうで、領内に入ってからそわそわと窓の外を気にしている。会話には入ってくるけれど明らかに上の空だし。

「そろそろだな」

そんなシオンを見ながら、フォルトはにっと白い歯を覗かせて笑う。

「そうですわね。ミリー、窓を開けて差し上げて」

「ええ、もちろん。第一印象が大事ですものね」

アンナが言うと、ミリーはクスッと笑いつつ馬車の窓を開けた。麦わら帽子が飛ばされないよう、両手でしっかりと押さえる。

一体なにが起こるの？

私が興味津々に窓を見ていたことに気づいて、ミリーが場所を変わってくれた。

私とシオンが一緒に外の様子を覗くと、開けた窓から風と共に潮の香りが入ってきた。

「潮の匂い……」

思わず私はそう呟いていた。

「この香りを嗅ぐと、帰ってきたと感じますね」

ミリーは柔らかな顔で微笑む。その日には少しだけ涙が滲《にじ》んでいた。

アンナとフォルトも帰ってきたことを確かめるように、目を閉じ、潮の香りを吸い込んでいる。

私達はたった十三歳で親元を離れ、学園で寮生活をすることになった。

やはり、親元を離れたことによる不安や寂しさは当然あったのだと思う。

ゲームでは夏休み、アンナとミリーだけでアンバー領に帰ることはなかった。

おそらく、帰省するかどうかの選択権は二人にはなく、立場が上のレーナにあったのだと思う。

二人は、常時私をサポートしてくれる。それは有事の際だけではなく、学校の勉強や、私生活でのマナーや振る舞いまで事細かに。

だからこそ、私がレーナと入れ替わった後も、二人のさりげないフォローとやんわりとした指摘のおかげで恥をかくことなく過ごせたのだ。

表立って言わないが、二人はレーナのただの友人としてだけでなく、レーナを補佐する使命を常に感じているのだろう。だから本当は夏休みに自宅に帰りたくても、自分達からは、はっきりと言えない。

二人は大切な友達なんだし、私が察してあげないと。

そんなことを思っていると、馬車はずっと走っていた林の中を抜け、目の前の景色が一変した。

白く美しい砂浜に透き通る美しい海。海外のリゾート地のような文句のつけようのない美しい海岸線が眼下に広がっていた。

潮の香りがしていたから、海が近いとは思っていたけど……想像していた景色よりずっときれいじゃない！

「なにこれ、すごい！」

先ほどまでのお行儀のよさはどこへやら……シオンは素の言葉遣いで、窓から身を乗り出さんばかりに外を眺めだした。

「シオンたら、そんなにはしゃがなくても」

レーナは一応ここ出身の設定のため、そう言ってシオンを窘《たしな》める。

ぶっちゃけ、私はこの美しすぎる景色にものすごく感動していた。

美しいのは海と砂浜だけではない。海辺の建物も壁は白、屋根は濃い青に統一されていて、まるで一枚の絵のように調和が取れている。

観光客と思われる人々は、美しい景観を眺めながら海岸を優雅に歩く。

私はたった今理解した。

アンバー領、それも私の家があるエリアは屈指《くっし》の観光地であることを……


あれから馬車を走らせること十分。私はついにレーナの実家に辿り着いた。

馬車が屋敷の大きな門の前に停まると、その扉がゆっくりと開けられる。

門を入ってすぐは玄関ではなく、白色のレンガが埋め込まれた小道。手入れの行き届いた庭や彫刻、噴水を横目に馬車は玄関へと進む。

玄関ポーチの前で馬車を降りると、そこで控えていた執事の手によって、両開きの重厚な造りの扉が開かれた。

現れた広い玄関ホールにずらりと並ぶメイド達が、私が前を通り過ぎるタイミングに合わせて、順番に『おかえりなさいませ、お嬢さま』と頭を下げていく。

玄関は吹き抜けで、天井には空調のためにシーリングファンが回り、バリ風の家具がセンス良く並ぶ。

二階建ての建物だったけれど、サイズがどう見ても民家のそれじゃない。

家の周りも高い塀に囲まれているし。家まで続く小道や噴水……今いる場所も家の玄関というより、ホテルのエントランスという言葉がぴったりだ。

「おかえりなさいませ、お嬢さま。すぐにクリスティーが参ります。しばらく椅子におかけになってお待ちくださいませ」

執事はそう言って私に頭を下げると、高そうな椅子に私を案内する。クリスティーって誰？ と か聞く余裕はない。

私が着席するとすぐに、控えていたメイドが冷たいおしぼりと飲み物をさっと準備してくれた。

なにこれ……なにこれ、これが家なの？ これがレーナの日常なの？

予約したホテルに実際に着いたら、想像していたよりもずっと高そうなところで、財布の中身が心配になる現象が起きていた。

動揺が顔に出ないように気をつけながらおしぼりで軽く手を拭いて、ほんの少しだけ飲み物をいただく。

おいしいっ……飲み物、クオリティー高すぎ……

飲み物を半分くらい飲んだ頃、お部屋の準備が整いました、と部屋へ案内される。

レーナの部屋は子供部屋だろうし、この豪邸の二階にあるのかしらと思っていたんだけれど……

案内されたのは意外なことに、エントランスから少し歩いた一階の一室であった。

部屋の前で待機していた若いメイドは、私の姿に気がつくと、一礼して両開きの扉を開けた。

私の視界に最初に飛び込んできたのは、吹き抜けの広いリビングと二階までぶち抜きの大きな窓だった。

窓からはきれいに切り揃えられた芝生と噴水のある庭が見えるし、そのずっと先には、まさかまさかの白い砂浜と透き通った海が広がっていた。

部屋が広いだけじゃない。豪華さが寮の比じゃない。

レーナの部屋にもバリ風のセンスのいい家具が配置されており、外の景色を眺めながらくつろげるようになっている。

窓の外はテラスになっていて、パラソルが置かれている。その下には、白い木製のテーブルと横になれるようなソファまであるときた。

な……なんじゃこりゃぁああ！　これが個人の部屋だというの⁉

「おかえりなさいませ、お嬢さま。今、お飲み物をご用意いたしますね。どちらにお持ちいたしましょうか？」

どちらにって、座れる場所がたくさんあるからこその会話だよ、これ。

「外で海を見ながらいただきます」

「かしこまりました」

私の一言で大きな窓が開け放たれ、テラスで準備が進められていく。

ちょっと待って、レーナの部屋の間取りは一体どうなっているの？

天井には玄関同様、シーリングファンが設置されており、簡易キッチンはもちろんのこと、部屋の隅にはバーカウンターまである。

あっ、部屋の中に二階に続く階段がある⁉

被っていた麦わら帽子を脱げば、私の手からすかさずメイドがそれを受け取る。

ゆっくりと、外のテラスに向けて歩く。この窓から見える景色は、私のためだけのものだとすると計り知れない贅沢《ぜいたく》である。

テラスにあるソファに座ると、メイドが華奢《きゃしゃ》なフルートグラスに薄ピンクのドリンクを注いだ。するど、色のついた液体が注がれたことによって、グラスに彫られた繊細な模様が見事に浮かび上がる。

このグラス割ったらヤバそう。これ、一個いくらなのよ。

少しドリンクがぬるいことが残念だけど。

なんなのよこの部屋、素敵過ぎるでしょ。女の子の夢のすべてがこの部屋に詰まってるわ。

この部屋でパーティー開けちゃうよ……

レーナにとって、この部屋はごく当り前でしょと言い聞かせて、部屋の中を探索したくてたまらない気持ちをグッと抑える。

じゃないと、はしゃいでソファの上でジャンプしかねないほど、中身は庶民である私のテンションは上がっていた。

「お嬢さま、嬉しそうですね」

気持ちを抑えていたつもりが、思いっきり顔がニマニマしていたらしい。先ほどまでとは違うメイドが、私にそう声をかけた。

「えぇ」

ボロが出ないように短く返し、声のした方向に目を向ける。

私の傍に立っていたのは、顔にそばかすのある四十歳前後くらいの体格のいいメイドだった。

「おかえりなさいませ、お嬢さま。メイド一同、お嬢さまのお帰りを心待ちにしておりました。至らぬところがあるかもしれませんが、お嬢さまが快適に過ごせるよう善処いたします」

彼女はふくよかな頬を緩め、私に礼をする。

「クリスティー、ありがとう。私も久々に貴方達に会えてとても嬉しいわ」

胸元に名札がついていてよかった。この人が、さっき執事が言っていたクリスティーね。

「もったいないお言葉。着替えのご準備をいたしますので、申し訳ありませんが少々お待ちくださいませ」

クリスティーはもう一度頭を下げると、着替えの準備に取りかかった。


それからクリスティーの手によって着替えさせられると、あっという間に夕食の時刻となった。

今日の夕食は、もちろんレーナの両親と取る予定だ。ゲームに出てくるキャラクターは知っているけれど、レーナの父と母は知らない。

中身が違うことがばれたらどうしようと、緊張しながら私は夕食の席に着いた。

「レーナ、お帰り。お前の帰りをずっと楽しみにしていたんだよ」

私に向かってそう言ったのは、レーナの父親だ。彼はレーナと同じ金髪と緑色の瞳を持った、つり目の人物だった。なるほど、レーナの配色とつり目は父譲《ゆず》りだったのね。

レーナに比較的よく似ている父と違い、彼の隣に座る母は、鮮やかな赤色の髪にはちみつ色の瞳の持ち主で、控えめな性格のようだ。

夕食のテーブルには、シオンとフォルトとおそらくフォルトのご両親もいた。

なんでフォルトの両親だとわかったかというと、だってフォルトのお父さん、フォルトにそっくりなんだもの。

フォルトにそっくりな父親とは対照的に、フォルトの母親は紫色の髪が目を引く、少々きつめの顔立ちの女性だった。紫色の髪は学園でもあまり見たことがないので、とても珍しいのだと思う。

それにしても、フォルトの両親とシオンまでいるだなんて……皆で子供達の帰宅を祝うのかしら？

食事が始まってすぐにレーナの父と母は、グスタフ事件で父が下した判断により、私を危ない目に遭わせてしまったことを深く謝罪してきた。もちろん私はそれを受け入れた。

今回の食事会は、学園で起こったことの聞き取りが目的だったようで、私達は散々聴取された話を再びすることになった。

「レーナ、シオン。私に他になにか言うことはないか？」

緑色の瞳を眇《すが》めた父が、私とシオンを名指しして、最終確認をするかのように尋ねた。

でも、事件の全容は話したと思うし、他に言いたいこと……ってもしかして、私がレーナじゃないってばれた⁉

だらだらと背中を嫌な汗が流れる。

「はい、僕が知り得ていることはすべてお話しいたしました」

「私も特にもう話すことは……」

シオンが頷く横で、ばれたらどうなるんだろうっていう恐怖は、私にあっさり嘘を吐かせた。

「……そうか。フォルトも話してくれてありがとう。まだ十三歳の君達に、酷な話を何度も思い出させてすまないね」

父は教会についてシオンに聞きたいことがまだあるらしい。その後、仕事の合間にいろいろ話をしたいと、シオンにアンバー領に残るよう要請した。シオンがそれを了承しちゃったもんだから、すぐに学園都市に帰らないこと決定！

シオンは夏休みの間、フォルトの家に厄介になることになった。

オワタの顔文字が私の頭の中に浮かんだけれど、こうなってしまったものはしょうがない。こっちはこっちでバカンスを楽しめばいいのである。


食事会が終わり、頭を切り替えるためにもお風呂に入ることにした。

バスタブが大きいのは予想通りだったんだけれど、お湯に花が浮いていてびっくりした。とってもいい香りと喜ぶよりも、掃除はどうするんだろうと考えてしまうあたり、私はお嬢さまになりきれない。

「それでは、おやすみなさいませ、お嬢さま。なにかありましたら、外に控えておりますので気軽にお声掛けください」

入浴後、私の身支度を済ませると、クリスティーをはじめメイド達は早々に下がってしまった。

メイド達に軽く会釈《えしゃく》をして、全員が完全に私の部屋から退出したのを見届け……私は部屋の探検を始めた。

なんなのよこの部屋は！　一体どうなっているの。

屋敷の大きさといい、メイドの待遇といい、レーナのお嬢さまレベルを私は完全に舐めていたわ。

まずは一階から部屋を確認していきましょう。

私が今いる広い吹き抜けのリビングでしょ、それにゲストルームらしいベッドルームが一部屋。

この部屋にもトイレとお風呂が完備されている。

トイレと広い洗面台、そして先ほど入っていたお風呂。

それに書斎まである。本棚に置いてある本は主に恋愛小説みたいね。

『ニコル・マッカート』の名前がやけにずらりと並ぶところを見ると、この作者の小説がレーナのお気に入りだったんだろう。

とりあえず一冊持って、と。夏休みの間に全部読み切れるかしら。

次は二階ね。一番気になっていたのよ。子供部屋に二階があるだなんて想像もしていなかったわ。

階段を上ってまず視界に入ったのは、外を眺めることができるように椅子が設置されているスペース。

この椅子に座って夕日が沈む景色を見るのは、さぞかし格別だろう。

寝室には大きな天蓋《てんがい》つきのベッド。寝室に隣接した衣装室は、寮の衣装室の比ではないほど広く、ドレスや小物の量も桁違いだ。

寝室にもリビングほどの大きさではないものの、海が見える窓がついており、窓を少し開けると微かに波の音が聞こえる。

その窓の傍にはテーブルと椅子があって、海の音を聞きながら手紙を書いたり、本を読んだりできそうだ。テーブルの上には、私が夜飲めるように、かんきつ類のスライスが入った水差しとコップが置かれている。

ふと目を滑らせると、水差しの横に薄い青色の手紙が一通置いてあることに気づいた。

「誰からかしら」

差出人の確認をしようと封筒を裏返すと、そこにはジーク・クラエスの文字が……

うまく逃げたつもりだったけど、どこからか私がアンバーに帰ったことを嗅ぎつけたらしい。

まあ、ばれてしまったものはしょうがない。学園都市からアンバーまではかなり距離があるし、まさかわざわざ私に会いにくるようなことはしないだろう。

私は手の中にある封筒をじーっと眺めた。

どうする……開ける？　いや、今は止めておこう、そんな気分ではない。

手紙をテーブルの上に放って、傍にあった椅子に腰かけ、部屋をぐるりと見回す。

一通り部屋を探検し終えた私は、さっきまでのウキウキした気持ちはどこへやら。学園生活という緊張した場から離れたせいもあるのか……すっかりホームシックになってしまっていた。

一学期はいろいろあって考える暇もなく日々が過ぎたけれど、今更ながら私の本当の父と母はどうしているのだろう。レーナの父と母と会ったこともあり、つい気になった。

もう会うことはできないのかな？　そう考えると、とても寂しい。

いや、寂しいなんてもんじゃない。会えるけど会わないのと、どうやっても会えないのでは大違いだ。

悪役令嬢に転生するなんて、長い夢でも見ているのではないかと思ったこともあった。しかし、体験した数々の痛くて怖い出来事が、夢ではないと告げる。

元の世界の私はどうなってしまったのだろう？　私はなんでここにいるのだろう？

昔よく読んでいた異世界転生系の小説を思い出すと、元の世界から異世界に身体ごと転移したり、死んでしまったから別の身体に転生したりという流れが主流だった。

私の身体はどう見てもレーナであり、元の容姿とは似ても似つかない。

レーナになる前の最後の記憶は、地面に突然開いた黒い穴に落ちたことで、それより先が思い出せない。やはり死んだのかな？

私がレーナの皮を被った別人だと知ったら、レーナの父と母、他の皆はどう思うだろう。

私はこれからどうなるのだろうか……ぐるぐるといろんなことを考えてしまう。

でも、ジークがレーナのことを認識していないと知った時に、私の意思とは関係なく涙が溢れた。

それはやはり、私の中にレーナがいるからなの？

「……っ」

これ以上このことを考えるのは止めだ！

そうじゃないと、いい歳をして親に会えないことで泣いちゃいそう。

もう寝ようとベッドに向かおうとしたところで、先ほどのジークからの手紙が再び目に入った。

どうせいずれ読まなきゃいけないんだから。気分を変えるためにも、やっぱり読んでみよう。

私はテーブルの上に置かれた封筒を手に取り、中から便箋《びんせん》を取り出した。

手紙には、アンバーに帰っているのだろうか？　ということと、いかがお過ごしですか？　ということが丁寧に、きれいな文字で書かれている。

結論。中身のない手紙だった。

イラッとした私は、返事を出さないことに決めた。

翌朝、昨晩はなかなか寝付けなかったため、遅めの朝食を取っていると、母からエステに行くわよ！　と連れ出された。

保湿成分に優れた泥を全身に塗りたくられ、お昼はエビ、カニ、ウニ、オイスターのシーフード三昧《ざんまい》で、のんびりゆったり美味しい時を過ごした。

夜、寝室のテーブルを見ると、手紙が新たに二通置いてあった。

一通は昨日と同じ薄い青色の封筒で、裏を見ると案の定ジークの名前がある。

まさか返事も書かないうちに二通目が来ると思わなかったので、驚きつつ、残されたもう一通を掴んだ。

手紙はフォルトからだった。

内容は、先日馬車に相乗りさせてもらったお礼と、二週間後、シオンも誘って五人で美味しい店にランチを食べに行きませんか？　というものだった。

どうやら律儀に約束を守り、ご飯に連れていってくれるらしい。

ずいぶんと日にちが空くけれど、シオンもフォルトも事件についてまだ両親と話すことがあって忙しいのかもしれない。

ジークの手紙は結局開けなかった。だってきっと、また中身なさそうだし。

フォルトの手紙だけ、楽しみにしていますってメイドに代筆を頼んだ。

私のバカンスは予想外のトラブルもあったけれど、まずまずの滑り出しだった。


アンバーに帰ってきてすぐ、私は父と母にダンスを練習したいと頼んでいた。そして数日後の今日、さっそくやってきたダンスの先生を見て、私は固まった。

百八十センチはあるだろう長身に、すらりと長い手足。ほどよく筋肉がついていて、顔は当たり前のごとく小さく、まるでモデルや俳優のような男性が目の前に立っているのだ。固まってしまうのも無理はない。

「初めまして、レーナ様。公爵様よりダンス講師として雇われました、リオンと申します。短い期間ですがよろしくお願いいたします」

リオン先生は緑の瞳で私のことをじーっと見つめながら挨拶をすると、深く頭を下げた。

先生の動きに合わせて、彼の長い深緑色の髪がさらりと流れ落ちる。顔を上げると、先生は掛けている眼鏡の位置と髪をサッと整えた。その何気ない動作も、イケメンがやると様になり、私はごくりと生唾《なまつば》を呑み込んだ。

ダンスの先生を頼んだら、こんなのが来るとか想定しないでしょ⁉

公爵家の力はこんなところでも発揮されるのか……

イケメンキター！　と思わず心の中でガッツポーズしてしまったわ。そのくらい当たりが現れたのである。

先生イケメン……尊いっ、と考えながら私は先生とホールドを組む。先生の教え方がうまいのか、わりとすぐにそれなりに踊れるようになった。

「レーナ様は筋がいい。これなら、すぐ私のレッスンは必要なくなりそうですね」

先生が切れ長の目をすっと細めて、褒《ほ》めてくれる。

少しの練習だけで、ダンスが得意でもなかった私がこんなにスムーズに踊れるのかと違和感を抱く。もしかしたら私の中にレーナとしての記憶が実はあるの？　とかいろいろ考えていたんだけれど……

なんとなく今は深く考えたくなくて、先生に止められるまでたくさん踊ったのだった。

ジークからの手紙は、私が返事を出さないにもかかわらず毎日届いた。

私達は政略結婚をするのだ。ジークにしたら、自分の失態が原因で婚約が解消されては困るから、このような手に出ているのだと思う。

開けられることなく放置されている手紙を、メイド達が気にしているのがわかる。けれど、そこはできたメイド。誰もなにも言わない。

しかし、私は五通溜まったところで観念して順番に開けることにした。

五通とも季節の挨拶から始まり、元気か？ 変わりないか？ こちらは元気です。最近、こんなことをしています、といった風なことが書かれていた。

これまでろくにレーナに手紙なんて出したことがないものだから、まるで会話がない思春期の娘に、父親が話しかけているような内容でクスっとしてしまう。

私とジークの婚約は、政略的なメリットがあるはず。だからこそ、私としてもいつまでも彼を無下にするわけにもいかない。

流石《さすが》に返事、書いたほうがいいよね……どうしよう。

私はここ最近悩み、そして悟っていた。

おそらく、もう元の世界には帰れない。

ふとした瞬間に、会えなくなって久しい本当の親や兄弟、友達の顔が次々と脳裏《のうり》に浮かび、じわりと目の前が涙で霞《かす》む。

レーナになって、私は結局これからどうするの？

そんなことが頭の中をグルグル回っていた。

だから、つい書いてしまったのだ。

『レーナ』にとって特別な彼に、『会いたい』とただ一言書いた手紙を。

物語のヒーローである彼なら、悪役令嬢である私のこともなんとかしてくれるのではないか。私をこの苦しさから救いだしてくれるのではないかと思って。

手紙に封をしてテーブルの上に置き、私は眠りについた。


朝起きると、昨夜のテンションはすっかり冷めていた。ジークはヒロインのヒーローで、私を断罪する側なのだから救うもなにもないわ。

あの手紙は破棄して、適当にアンバー楽しいですって書き直そう。

そう思ってテーブルの上を見た私は、息を呑んだ。

「嘘でしょ……」

昨夜書いた手紙が、テーブルの上から消えてしまっていたのである。

慌ててメイドに確認をすれば……

「封がしてあったので、朝早馬で出しました。ジーク様もお待ちかと思いましたので」

無情にもそう言われてしまった。

まずい。あの深夜のテンションで書いたSOSの手紙が……ジークに届く。

せっかく平穏な夏休みを送るために、わざわざ領地に帰ってきてまでジークと接触しないようにしていたのに……

学園には今、悪役令嬢レーナという邪魔者がいない。転生してすぐに、ヒロインとジークがある程度親密になっていないと発生しない、レーナのヒロイン虐めイベントが起きたくらいだ。

邪魔者がいなくなった学園では、さぞかしジークとヒロインの仲が進展していることだろう。

頭の中で、『やっぱりレーナはジークに気があることがわかる手紙が届く↓ヒロインとの恋の障害に↓レーナ断罪！』という展開が、ミニキャラによって再現された。

ヤバイ。下手したら、これまでジークを避けに避けて、避けまくった私の苦労が水の泡になる。

手紙をジークに読まれるのを、なんとしても阻止しなければ！

メイドは私の表情を見て、出すつもりのなかった手紙を出してしまったことを悟ったらしい。青い顔になりながら、謝罪の言葉を繰り返す。

「も、申し訳ございません……！」

「いいえ。私が紛《まぎ》らわしいところに、それらしく置いておいたのが悪かったのです」

私は大人の対応で、泣きそうなメイドをフォローする。

そこにクリスティーが現れ、手紙を出してしまったメイドともう一度深く頭を下げた。

「お嬢さま」

頭を上げたクリスティーが毅然《きぜん》とした態度で口を開いた。彼女は他のメイドに比べて、失礼だけど少々年を重ねている。

年の功なのか、慌てることなくどっしりとした態度に、なぜか私のほうが緊張してしまう。

「はい！」

「私どもの不手際でご迷惑をおかけして本当に申し訳ないのですが、こういったことは公爵様に相談されるのが一番よろしいかと思います」

流石《さすが》大御所。どうすればなんとかできるかをアドバイスしてきた。

私はそれに頷くと、即行部屋を後にして、父のもとへと走り出す。

「お父様ぁあああ！」

「おやおや、今日のレーナは元気いっぱいだね。まるで太陽のようだ」

書斎にいたお父様は、私のテンションを見事にスルーする。

涼しい顔で流せるくらいの度量があるから、アーヴァイン家を背負えるのかもしれない。

「お父様。今朝出て行った早馬に追いつくには、どうしたらいいと思いますか？」

「うーん。追いつくのはレーナの乗馬の腕では無理だな」

「やはり……」

返事は無情だった。

落ち込む私に、お父様は不思議そうな表情で尋ねる。

「早馬に追いついてどうするつもりなんだい？」

「手紙を間違えて渡してしまって。どうしても相手に読まれたくないのです」

「なるほど、レーナが行きたいわけではないんだな。手紙か……うーん」

お父様はしばらく考え込んだ後、ポンッと手を叩いた。

「もう一通手紙を書きなさい」

「手紙ですか？」

「そうだ。一通目の手紙を運んでいる馬と騎手より優れた者に二通目を託して、先に届けてもらいなさい。後から届く手紙は間違いなので、読まずに送り返してほしいと書いたらどうだい？」

「なるほど！　流石《さすが》お父様」

私は父の部屋にあった紙を拝借し、サラサラと一通目は読むなと書いて、控えていたメイドにそれを託した。

どうか読まれませんように。頼んだわよ、本当に頼んだわよと彼女の後ろ姿を見送る。

手紙のことが気になってソワソワとしてしまう。

しかし、私がソワソワしていると、やらかしたメイドがとても小さくなるものだから、気分を少し変えるために近所を散歩することにした。

護衛が私の一メートルほど後ろをついてくるけれど、家にいて平気なふりを続けるよりかは大分マシだ。

浜辺の白い砂が美しく、海はどこまでも青く澄み渡っている。しかし、このロケーションを前にしているにもかかわらず私のテンションは低い。

あの手紙がきっかけとなって、ゲームシナリオ通りに断罪ルートになったらどうしよう……

ジークといい関係になりたいとは思わない。ただ、社交界的に死にたくないだけなのだ。

ショッピングでもして気を紛《まぎ》らわせようと、海岸沿いから高級なショップが並ぶ通りへと足を運ぶ。

すると、遠くにアンナとミリーが二人で楽しそうに買い物をしているのを見つけた。

「――っ！」

二人のキャッキャッとした様子を見て、思わず物陰に隠れてしまう。

……私、誘われてない。

アンナとミリーは私のことを『レーナ様』と呼ぶ。

でも、二人はお互いを呼び捨てにしていた。

二人は友達でも、私は二人にとって友達ではない。そんな言葉が一瞬頭を過《よぎ》る。

二人はいつだってレーナの隣にいて、どこまでも私の味方だった。ゲームでヒロインを虐める時も、夏休みに家に帰らない選択をした時も傍にいた。

しかし、二人は公爵令嬢レーナのご学友であっても、本当の友達ではなかったのかもしれない。

私は彼女達に見つかる前に、来た道を慌てて引き返す。

「いかがなさいました？」

護衛の男が突然の私のUターンに何事かと問う。それにうまく答えられないまま、私はずんずんと突き進む。

今日はなんて日なのだろう。

ジークに手紙を送ったこともだけど、そんなことよりも、アンナとミリーが私抜きで楽しそうに遊んでいる姿が精神的に一番きた。悲しくて、自然と目線が地面に下がっていく。

「ごきげんよう、レーナ嬢」

その時、急に声をかけられ、私ははっとして立ち止まった。

「あっ、フォルト……ごきげんよう」

顔を上げると、目の前にはフォルトが立っていた。フォルトも少しは関係が回復したとはいえ、レーナのことをよく思っていない人物の一人だ。

「顔色が悪いけど……なにかあったのか？」

心配そうな表情で私の顔を覗き込むノォルト。そんな彼の目線から逃れるように、私はふいっと顔を逸らした。

「いえ、なにも」

「……そうか。暇なら付き合ってくれ」

フォルトは少しの間じっとこちらを見た後、急に私の手を引いた。

「ちょっと、フォルト！　どこに行くの？」

目を丸くする私の手をぎゅっと握り直し、フォルトは一軒のカフェに足を踏み入れた。

すかさず店員がやってきて、私達を見晴らしのいい席に案内する。お互いの護衛が少し離れた席に座ったのを確認すると、フォルトは店員になにやら注文した。

しばらくして、私とフォルトの前には美味しそうなパンケーキが置かれた。

「一人じゃ入りにくいから助かった」

そう言って、フォルトは目を細めて私に微笑んだ。

きっと私が暗い顔をしているのを見て、わざわざここに連れてきてくれたんだろう。本当は私のことをよく思ってないだろうに……気を使わせちゃったな。

フォルトはすぐにパンケーキをフォークで切り分け、口に運ぶ。美味しいのだろう、わかりやすく頬を緩ませるのが可愛いらしい。

たっぷりの生クリームもバナナもイチゴもマンゴーも、あっという間に平らげられていく。

本当に甘い物が好きなんだなぁ。

「どうした？　口に合わなかったか？」

フォルトの食べっぷりを見るばかりで、あまり食べていない私にフォルトが声をかけた。

「とっても美味しいから大事に食べているのです。ねぇ、フォルト……」

「なんだよ、改まって……」

私がフォークをテーブルの上に置き、神妙な面持ちでフォルトを見つめると、彼はあからさまに嫌な顔をした。

「私達、今からでも友達になれないかしら」

「はぁ？」

フォルトの眉間に皺《しわ》が寄る。

フォルトは優しいから、なんだかんだ言って私が頼めば断わらないのではと思ったのだ。だが、彼は難しい顔をして黙ったままだ。

怒らせただろうか。優しいからといって、流石《さすが》に図々しいお願いだったかも。でも友達ゼロという現実が辛すぎたのだもの。

「あの、今のはなしで」

沈黙に耐えきれずそう告げて、私はいそいそとパンケーキを口に運ぶ。

「あーっと、友達、な。今からな……」

フォルトは左手で髪をグシャグシャとかいて、顔を隠すように横に向けた。

「――っ！　はい！」

どうやら友達になってくれるみたいだ。嬉しくなって私は勢いよく返事をする。

私の笑顔を苦笑ぎみに見ていたフォルトは、すっと真剣な表情になった。

「なぁ、レーナ嬢……」

「どうかしました？　おかわりなら、次はこっちがいいんじゃないかしら」

メニューを差し出し、次はもう少し軽めのデザートでどうかと指を差す。

「いや、そうじゃなくてだな。……グスタフの件、怪我はもう大丈夫か？　本当にその、悪かった。今までのことをすべて水に流すのは無理かもしれないが……すまないっ」

フォルトは歯切れ悪く告げて、頭を下げた。

「私の部屋にお見舞いに来てくれた時、十分謝ってもらったわ。これ以上はもうなし。友達になったのでしょ」

私がそう言って笑みを向けると、フォルトはこちらをちらりと見て、おもむろに口を開いた。

「……この前のこと、覚えているか？」

「えーっと？」

どのことよ？　いろいろありすぎて、どのことなのかさっぱりわからない。

「ジークがレーナ嬢を助けるためにあれだけ身体を張ったのだから、可能性としてはほぼないかもしれない……。ただ、もし婚約を解消するようなことがあれば、お前との関係、前向きに検討してみる」

ん？　婚約解消？　私との関係？

頭にハテナマークが飛び交う。ふと見ると、フォルトの顔が少し赤いことに気づいた。

「え？　フォルト、どうし――」

「先に帰る！　家の近くを軽く散歩って言って出てきているから」

「ちょっと」

「お会計は済ましておく。ゆっくり食べてこい」

フォルトは私の言葉を遮るように矢継ぎ早に言うと、さっさと帰ってしまった。

以前一緒にイチゴパフェを食べた時とは違い、今度は私が、訳のわからないまま残りのパンケーキを黙々と食べる羽目になった。


フォルトと友だちになって二日が経過した。フォルトとはパンケーキ屋さんで別れてから会っていない。

ジークに出した手紙のことや、アンナとミリーと私の関係など、楽しいバカンスを過ごすはずが、結局私はいろいろと考えてしまっていた。

気を紛《まぎ》らわすために、レーナが集めていたニコル・マッカートの恋愛小説を読み始めたが、まったく頭に入ってこない。

楽しみにしていたダンスのレッスンでも、リオン先生の足を何度も踏んでしまった。

アンナとミリーから、昨日も今日も『都合が合えば』とお茶の誘いがあったけれど、適当な理由をつけて断った。

なんとなく、アンナとミリーには会いにくかったのだ。

断わり続けているともっと会いにくくなるから、次に誘われた時は行かなきゃと思う。けれど、自分だけ友達じゃないという事実を、私はかなり引きずっていた。

このままじゃよくないと思い、私は庭で魔力を使う練習もかねてトマトを実らせることにした。

こういう時は無心で、なにか単調な作業を黙々とやるに限るのだ。夏休み前、雑貨屋さんで購入したステータスが上昇する装備品も全部つけちゃえ。

私はティアラのようなカチューシャを頭にのせ、ネックレスも二つ重ねづけした。指輪を三つもはめてお洒落的にいまいちだけど、ステータスの底上げ効果は期待できる。

うまくトマトが実ったら、皆に振る舞おう。

魔法はこの世界の住人全員が使えるものではない。そのため、学園では落ちこぼれよりの私の魔法でも、魔法を使えないメイドからすると気になるらしく、チラチラと様子を見に来る。

メイドが見ているのがわかると、つい見栄を張りたくなる。

顔は優雅に、ふんぬぅうっとトマトの苗に触れて魔力を送った。

すると、スルスルと蔓《つる》が伸びて花が咲き、あっさりと実をつけた。私はそれをハサミで収穫し、傍らで控えるメイドが持ってくれている籠《かご》に入れる。

艶といい、色といい、形といい、よい出来だと心の中で自画自賛した。

一番大きいものは父と母にあげて、残りはメイド達と食べてしまおうと、黙々とトマトを作っては収穫するを繰り返す。

美味しそうなトマト。行儀が悪いと言われそうだけど、一口かじれば、うん、美味しい。

アンナとミリーにあげたら食べてくれるかな……

ついついトマトを片手に考え込んでしまう。

こういうのは、とりあえずあげてから考えよう。少なくとも悪いものではないし、いらない場合はメイドにでも下げ渡してもらえばいいもの。

私は籠《かご》にトマトを四つずつ入れて、二人に届けてもらうことにした。

アンナとミリーに送るなら、友達になったフォルトにも送るべきよね……

フォルトにだけ送って、同じ家に滞在しているシオンにはなしは、かわいそうかしら。

仲間外れはよくないだろうと、結局シオンにもトマトを送ることにした。ついでに、かっこいいダンスの先生にもお世話になっているから送る。

大量に実らせたトマトの送り先が見つかったことで、心なしかメイドがほっとしているように見える。無心で作っていたからすごい数だ。

魔力が枯渇《こかつ》してきたのか身体がダルいけど、トマトをたくさん実らせたことで、私は達成感を覚えていた。

アンナとミリーとは友達じゃなくてもいいじゃない。上司と部下のような関係でも、いい関係というものは築けると思う。

私はテラスのソファに横たわり、最近気に入っているトロピカルドリンクを少しずつ楽しみながら、水平線に沈む夕日をぼんやりと眺めた。

贅沢《ぜいたく》だ。この景色を独り占めとか……魔力を使ったことによる疲労感と心地いい波の音に段々と眠くなる。

「お嬢さま、お休みになるのでしたら室内に入られては？」

うつらうつらとする私に、隣で立っていたクリスティーがそっと声をかけた。その言葉に私はゆるゆると首を横に振る。

「夕日が沈むのが見たいのよ」

「さようでございましたか」

クリスティーが遠ざかる気配がする。

私は半分夢の世界に入りつつも、目の前の美しい風景に見入っていた。


「レーナ様。先日ジーク様に出した手紙ですが……」

少しして、私の背後からクリスティーが話しかけてきた。

「はい～。こちらに～」

半分寝ていた私はひらひらと手を振って、適当に返事する。

先日、早馬を使ってジークに二通目の手紙を送った。その件についてなにか報告があるのだろう。

ぼーっとしていると、クリスティーと一緒に誰かがこちらに近づいてきた。

寝惚《ねぼ》け眼《まなこ》で目の前に立つ人物を、顔も上げずに確認すると、足元だけが目に入った。男性用の乗馬ブーツを履いているので、おそらく彼がジークに手紙を届けてくれた騎手かもしれない。

挨拶くらいはと思うのだけど、魔力をたくさん使ったせいで顔を見ることが酷く億劫《おっくう》だった。

「申し訳ございません。お嬢さまは先ほどまで魔力を使われており、魔力切れに近い状態でして」

優秀なメイド・クリスティーが失礼な振る舞いをしている私をフォローした。

すると、テーブルの上に手紙が二通、そっと置かれた。どちらも私がジークに送った手紙だ。どうやら二通目の手紙を届けた彼が、一通目の早馬に追いつき回収してくれたようだ。

ジークの手に深夜テンションの手紙が渡らなかったことに一先《ひとま》ず安堵《あんど》する。

「ありがとう、このような状態でごめんなさいね。クリスティー、彼に十分な報酬とトマトを……」

「えっ！　は、はい、かしこまりました。ただいまご用意いたします」

クリスティーは少し驚いた様子で返事をした。優秀なクリスティーも、彼にトマトを渡すのは予想外だったようね。

せっかく美味しくできたのだから、彼もトマトを食べるといいわ。

「素敵な景色だ」

クリスティーが離れる気配を感じた後、傍らに残った騎手が口を開いた。

「えぇ、この時間は一日の中で一番素晴らしいの。長旅ご苦労様。よかったら隣で一緒に一杯飲んではどうです？」

私は目をすっかり閉じたまま、ソファの空いているスペースを指差す。

「ではお言葉に甘えて」

「どうぞどうぞ」

眠すぎて、使用人に対する態度じゃないとか、そういうことを気にする余裕はなかった。騎手の彼も、遠慮せず普通にソファに腰掛ける。

「一つ質問をしても？」

「なんですか？」

「手紙にはなんと？」

気になりますよね。早馬を出してまで、相手に読ませないようにしたくらいだもの。

「婚約者と私は仲がよくないのです。彼に出すべきではない手紙を出してしまいました」

「……仲がよくない？」

「政略結婚だもの。珍しいことではないでしょう」

日が翳《かげ》ると、日中よりも涼しくなり心地よい。

うとうとしていた私は、それから本格的に眠ってしまった。


——どのくらい時間が経過したのだろうか。

突然誰かに身体を持ち上げられ、意識が覚醒《かくせい》した。

やばい、クリスティーに日焼けするから寝るならば室内でと怒られる。

「すみません、歩けます」

そう言って、お姫様抱っこしてくれている人物を見上げ……時が止まった。

だって、そこにはここに本来いるはずのないジークがいたのだから。

「すまない。起こしたかい？　おはよう——レーナ」

信じられないけれど、乗馬服姿のところを見ると、どうやらジーク自身が学園都市からアンバー領まで馬で駆けて来たようだ。

今思い返せば、どうりでクリスティーがすんなりと異性を部屋に招き入れたわけだよ。だって彼は私の婚約者なのだもの……

クリスティーが驚いたのは、私がトマトをあげるように言ったことではない。私が訪問してきた婚約者に対して、報酬を渡すように言ったことにだよ！

私が知らない男性の横で寝ていても起こさなかった理由は、その男性がジークであったからに違いない。

そういえば、二人きりになった時点で、彼は公爵令嬢である私に敬語を使っていなかった。寝惚《ねぼ》けすぎてそこまで気が回らなかったわ。

「どうしてここに……ジーク様……」

完全に目が覚めた私は、自分を抱き上げるジークを引きつった笑みで見つめた。

だって、ここは学園都市じゃない。アンバー領よ！

どうしてジークがいるの!?

至近距離で下から見つめても、やっぱりジークは美しい。普通の女の子だったら、キャーッとなってもおかしくないシチュエーションなのに、嬉しいどころか、サーッと青褪《あおざ》めていく気すらする。

それもこれも、ジークに問い詰められたらヤバいことだらけだからだ。

夏休み前に遭ったジークとのトラブルも、アンバー領に逃げることによってうやむやになると思っていたのに。

「手紙の封を切らずに送り返してほしいだなんて、初めて言われたよ。それほどのことなら、他の人間に頼むより、私が直接君に届けたほうがいいのではと判断したんだ。気にすることはないよ、私もちょうど君と話をしたかったからね。パーティーの日以来だね。会いたかったよ……レーナ」

ジークはニッコリと微笑んでいるのに、その目がまったく笑っておらず、怒っているのがわかってしまう。

……さて、ジークが怒っているのはなぜ？　と一人脳内クイズが始まる。

①ジークからの手紙をシカトしていたこと。

②やっと書いた返事を見るなと言ったこと。

③一度ちゃんと話をしようと言われていたのに、夏休みを理由にこれ幸いとトンズラしたこと。

はい、どれだろうって全部かな？

「あの、怒っていらっしゃいます？」

「おや？　私は笑っているはずなのに、なんで怒っていると君は思うのだろう。不思議だね……」

ジークは笑みを浮かべている。間違いなく、その表情は笑顔に分類される。でも、ジークの目の奥は凍てついていた。

「ベッドに運べばいいかい？」

ジークは愛想笑いのまま、私に尋ねる。

「いえ、ここで大丈夫です。もうしっかりと目が覚めましたから、自分で歩けます」

ジークに下ろしてもらってすぐ、私は三歩ほど下がり彼から距離を取った。

ふと周りを見ると、いつの間にかレーナ付きのメイドが勢揃いしていた。

確か今日は非番だったはずのメイドまでいる。メイド達にとっても、レーナの婚約者であるジークの訪問は一大事なのだろう。

それにしても、手紙を出したのは二日前なのにどうなっているの？　学園からアンバーまで、馬車で四日もかかったのに。

気まずくて、メイド助けて～と視線を送る。

メイドは私の視線に気づいて、さりげなく視線を逸らした。なぜ私の味方をしないの？　私のメイドでしょう。頼むわよ……

視線を横に滑らせて、端に控えていたクリスティーに視線で助けを求める。

クリスティーはため息を一つ吐くと、ジークのほうを見て口を開いた。

「ジーク様、学園都市からアンバー領まであまり休憩を取らずに馬で駆けられたと伺いました。お風呂の準備が整っておりますので、一度汗を流されてはいかがでしょうか？　その間にゲストルームの支度をしますので、今日は早めにお休みになられたほうがよろしいかと」

いいぞ、クリスティー。流石年《さすが》の功!!

ありがとう、ナイスアシスト！　と思わず心の中で手を合わせる。

ジークは右手を口元に持っていきしばらく考えた後、不敵な笑みを浮かべた。まるでいいことを思いついたとでもいうように。

「ありがとう。では、お言葉に甘えさせてもらうよ。ただ、一つだけお願いがあるのだけれど、いいかな？」

「もちろんでございます。なんなりとお申しつけください」

クリスティーはチラッと私の顔を見てから、ジークに視線を戻し恭《うやうや》しく礼をした。

「レーナと久しぶりに会うので入浴後少しでいい、彼女との時間が欲しいんだ。もちろん、時間を取ってもらえるね？」

ジークはそう言ってクリスティーと私を交互に見遣る。

口調こそ柔らかい、柔らかいのだけれど。あれ、ゲームでこんなに強引で腹黒いところあったかな？　おかしいなぁ。腹黒いのはシオンだけでもう満腹なんだけどなぁ。

「もう日も暮れましたし、殿方と部屋で二人きりで話すわけには……。そうでしょう？　クリスティー」

クリスティーに再びのナイスアシストを求めて、パスを出したのに……

「では、メイドが部屋の隅に控えていれば問題ないわけだね。すまないが、誰か頼めるだろうか？」

あぁ、なんてことでしょう。完全に退路を断たれた。

頭を抱えたい衝動を抑え込み、お風呂に向かうジークを見届ける。

ジークがアンバー領にやってきたことは既に両親に伝わっていて、当然のようにジークを交えての夕食となった。将来の息子を前にして、父も母も上機嫌である。

父とジークが馬の話で盛り上がっている間に、自分の部屋にとんずらしようと、そっと席を立つ。

しかし、ジークのほうが一枚上手だった。

「せっかくレーナに会いに来たのに、まだゆっくり話す時間を取れていないのです。お話の途中で申し訳ありませんが、レーナと一緒に私も退席してもかまいませんか？」

と、のたまったのである。

レーナがジークにぞっこんだったことを知っている家族は、それを止めなかった。

そして、地獄の二人きりタイムが始まった。

正確には、二人きりではない。この広ーーーいリビングの隅にメイドがいるからだ。

ただ、部屋が広いため、小声で話せばメイドの耳に会話の内容が届くことはないだろう。

メイドも見える位置に立っていればいいものを、気を使ってあえて私達の視界に入らないようにしている。

「ジーク様。お疲れでしょう？　今夜はゆっくりと休まれて、また明日にでもお話ししませんか？」

対策を練る時間を一晩ください、お願いします。

「レーナとのことは先延ばしにしないと決めたんだ。そう言われてしまう理由に心当たりは――あるよね？」

ジークはすっと目を細めて、うっすらと笑う。

流石《さすが》攻略対象、見惚れるような笑みだ。けれど私を見つめるジークの目は冷ややかで、私は完全に蛇《へび》に睨まれた蛙《かえる》状態になっていた。

「そうでございますか……」

「君は、もう学園には戻らないつもりなのかい？」

てっきり、『なんで王子の命を狙った人物が学園にいることに気づいたのか？』とか、『王子暗殺についてどうやって調べたのか？』とか、もっと答えにくいことを聞かれると思っていた。

しかし、ジークが声のトーンを落として聞いてきたのは、まさかの学園に私が戻るのかどうかということだった。

なぜ、私が学園に帰還するかの確認？

って……そういえば、グスタフ事件の後、それまで契約していた寮の部屋は、防犯上危ないから、違う部屋に引っ越しすることにしたんだった。

引っ越しするのはアンバー領への出発の日の朝、突発的に決めた。だから、当然誰かに報告する暇もなかった。

だって私はその時すでに、頭の中はヒロインと攻略対象と離れて、素敵なバカンスを過ごすことでいっぱいだったし。

ジークは私に聞きたいことがたくさんあっただろうから、私が旅立った後、引っ越ししたと知らずに部屋を訪問したに違いない。タイミング悪くメイドにも休みを与えていたから、部屋には誰一人としていなかったはず。

なにもなくなったレーナの部屋を見て、私が学園を去ったとジークが勘違いするのも無理はない。

「レーナ」

あれこれ考察している私にジークが声をかけた。慌てて視線を向けると、ジークがこちらを真剣に見つめていた。

「夏休みが終われば戻ります」

「嘘を吐いているのでは？」

ジークは口の端をさらに上げて笑みを深める。依然、目はまったく笑ってない。

「嘘？　私は嘘など吐いておりません。仮にこれが嘘だとしても、ジーク様が私になさってきたことに比べたら可愛いものだと思いますよ」

私は嫌味を織り交ぜてニッコリと笑う。

お互い顔だけ見れば笑顔なのに、内心ジャブの撃ち合い状態だ。

婚約者と夜に部屋で二人きりだというのに、ムードのかけらもない。

「以前の君の部屋を訪ねたが、もぬけの殻《から》だった。それはどう説明するつもりだい？」

そりゃそうだ。私が不在の間に、大型のものも含めて、すべての家具をメンテナンスすることになったから。

「もし私が学園に戻らなくても、ジーク様にはなんら不便はないでしょう？　ジーク様がお望みになるなら、婚約関係はそのままにしておきます。ただ、お互い好きな人が現れたら……うまいこと婚約をなかったことにするほうが、お互いのためではないかしら」

この際だから、ずっと思っていたことを口にする。

どうせジークはレーナのことなんて好きじゃない。この提案は、彼にとっては願ったり叶ったりのはず。

私の言葉に、ジークは一瞬呼吸を止め、きつく両目を閉じながらゆっくり息を吐いた。その姿は感情を押し殺している風にも見える。

「君に好きな人ができたら婚約を解消、もしくは破棄すると言っているように聞こえるのだけれど？」

「もちろん、私だけではありません。ジーク様に好きな方ができた場合も、穏便に解消しましょうと言っているのです」

流石《さすが》、私。予《あらかじ》めこう言っておけば、この先ジークとヒロインが恋に落ちたとしても、レーナと円満に婚約が解消できるだろう。断罪の可能性はぐっと低くなるに違いない。

確かにジークは別れるには惜しい容姿とスペックだけれど、これからの人生が滅茶苦茶になるのだけは避けなければ。

我ながらなんていいアイディアなのだろう。さぁ、私に遠慮することなく提案を呑みなさい。そうすれば問題は解決よ。

貴方の恋、応援します！

「レーナ」

突如、聞いたこともないほど低い声で、ジークに名前を呼ばれた。

「なんですか？」

「……解消はしない」

見ると、ジークは先ほどまでの笑顔から一変し、ぐっと眉根を寄せて不機嫌な表情を浮かべている。彼の変化に、私は思わず目を見開いてぽかんと口を開けた。

「は？」

間抜けな声をあげる私の手をぐいっと引き、ジークは私との距離を詰めた。アンバーに来てからずっと冷たかった彼の目が、どういうわけか怒りに燃えている。

「絶、対、に、婚約は解消しない！」

ジークはそう言うと手を放し、さっさと部屋を後にした。残された私の頭の中は、ハテナマークでいっぱいになる。

なんで？　どうして？　お互いＷＩＮ‐ＷＩＮでしょ。なんで怒るのよ……

ジークが珍しく苛立った様子で部屋を出ていったものだから、メイドがどうしたのかと慌ててこちらにやってきた。

「いかがなされましたか？」

「なんでもありません」

メイドが心配そうに尋ねるのを、ニッコリと笑顔でごまかす。

メイドは私が答えるつもりがないと悟ったのか、言いたいことはありそうだったけれど、一礼して下がった。

まさかの、絶対に婚約破棄しない宣言。

私のこと好きじゃないんでしょ？　あんなに怒る意味がわからないわ。

これは余計に面倒なことになってしまった。

破滅フラグを折ろうと、ハッキリ言いすぎたのかもしれない。

ジークは大人びているけれど、そうはいっても思春期の男子。好きでもない女から勝手に振られたみたいになって、ムキになってしまったのだろうか。

誰もいなくなった室内をうろうろしてしまう。

それにしても、ジークが学園都市を離れてアンバー領にやってくるなんて大誤算だ。

ゲームでは、ジークは実家となにやらイザコザがあり、夏休みは学園都市に滞在するといったフワッとした話しか出てこなかった。とはいえ、シナリオ通りであれば、彼はアンバー領の隣にあるクライスト領には帰らず、学園都市にいる予定だったのだ。

結局、攻略対象が三人もアンバー領に集結してしまった……

とりあえずお気に入りのテラスに行って、波の音を聞いて気持ちを落ち着けよう。そう思って身体を反転させた時、テーブルに手紙が二通、ポツンと置きっぱなしになっていることに気がついた。

どちらも二日前、私がジークに宛てて書いたものだ。

もう、すべての元凶はこの手紙よ！

自業自得ではあるが腹が立ち、「くそーっ」と言いながら手紙を手に取った。

一通目に書いた手紙は、すでに封が開けられていた。しかも、『会いたい』と書かれた便箋《びんせん》は抜き取られている。ジークの手元にあるのかもしれない。

おそらく二通目の手紙が届く前に、すでにジークは一通目の手紙を読んでいた。そこに騎手が来て、先に届いた手紙を見るなという、二通目の手紙を受け取ったのだろう。

二通目を受け取って、ジークがどう思ったのかは定かではない。でも、一通目の言葉に従って、遠いアンバー領までわざわざ会いに来たのは事実だ。

護衛もろくに付けず、一日中馬を走らせてレーナのもとにやってきたのである。ゲームでは卒業まで一度も、夏休みに学園都市から出ることはなかったはずなのに、私の手紙に書かれていた戯言《ざれごと》であっさりそれを破った。

手紙を持ったままベッドにダイブして、わしゃわしゃと頭を掻《か》き毟《むし》った。

ジークはレーナのこと嫌いなんじゃないの？　だって、最後はレーナじゃなくてヒロインを選ぶじゃない。なんでそんな変に期待させるようなことをホイホイするのよ。

考えれば考えるほど、ベッドの上でエビのように反りながら悶《もだ》えてしまう。

悶々《もんもん》としてもう眠ることができない。

その時、外からヒュン、ヒュンと変な音が聞こえることに気がついてしまった。

前にもこんなことがあったわ……となんとなく嫌な予感がする。

私は魔道具のランプを片手にテラスから庭へと下りて、音の原因を探る。

音が近くなってきたので、相手に気づかれないようランプの灯りを消し、それを地面に置いてゆっくりと音のするほうへ進む。

少し開けたところに出ると、音の犯人――ジークがいた。

ジークは魔法で大きな氷の塊《かたまり》を空中に作り出し、それに向かって身体強化で距離を詰め、剣で勢いよく切り刻む。

規則正しく、見事に氷を砕く様子を、私は植木の陰から黙って見つめた。さっきの今だし、どう声をかけたらいいのかわからないというのもある。

どのくらい経っただろうか、唐突にジークの剣が止まった。

ジークは空に向かって剣を一度振った後、それを鞘《さや》に戻す。先ほどの怒りが残っているのか、やや不機嫌な表情を浮かべる彼は、くるりとこちらに背を向けて歩き出した。

さて、音の原因もわかったし、ジークにばれないように私も戻ろう。そう思って一歩踏み出した時、間の悪いことにジャリッと音を立ててしまった。

ヤバッ!?

私は慌ててその場にしゃがみ込み、身を隠す。

ばれませんようにっ！　と祈りつつＬＵＣＫＹネックレス様を握りしめた、その時――

ふわりと自分の周りに風が吹いた。次の瞬間、自分の喉元に剣先が突きつけられているのに気づき、私は思わず尻餅《しりもち》をついた。

「待って、私……私だから」

慌てて両手を上げて、剣を握っている人物を見上げる。そこにはやはりジークが立っていた。

「レーナ。こんな時間にどうしてここに」

ジークは相手が私だということがわかると、呆れた様子でため息を吐いて剣を鞘《さや》に収める。そしてすっと右手をこちらに伸ばした。

私はおずおずとその手に自分の手を重ね、ゆっくりと引き起こされる。

立ち上がり彼の手を放した後、お尻の部分を手で払う。

さっき尻餅《しりもち》をついたから、パジャマが汚れたかも。クリスティー、案外うるさいんだよね……酷く汚れてないといいけど。

ジークにも夜中にうろついたことに、お小言を言われるかな……

チラリとジークを見ると、彼の額にはうっすらと汗が滲《にじ》んでいた。心なしか少しぼーっとしている。

先ほどまでずっと魔力を使っていたから、消耗《しょうもう》しているのだろう。

「邪魔するつもりはなかったのです。音が聞こえたので気になって……」

「……そういう時は、万が一のことがあると困るから、まず従者に確認してもらえるかな？」

「はい、仰る通りです」

反論しようのない言葉で諭され、私は素直に頷いた。

「部屋まで送ろう」

再度ジークが私に手を差し出す。断る理由もないので、私は自分の手を重ねた。

ジークはきゅっと私の手を握り、ゆっくりと歩き出す。

「あの……」

「なに？」

「いつもああやって稽古《けいこ》を？」

どうでもいいことを質問してしまう。

「魔法の練習も兼ねてね……君だってトマトを育てていただろう？　同じことだよ」

確かにそうだけれど、同じ訓練でも内容が全然違うと思う。

ジークは私の部屋に向かって真っすぐ歩み続ける。しかし、私はあることを思い出し、彼の手を引っ張った。

「あっ、こっちです」

「そっちは部屋とは方向が違うだろう？」

「さっき途中でランプを置いてきたのです。灯りを持っていたら目立つだろうと。あの時は、音を立てている人がまさかジーク様だと思っていなかったので、相手に気づかれないように」

「なぜその配慮はできるのに、自分一人で来てしまうのか……」

呆れたように言われるけれど、気にしない。

おっ、あった。

私はランプに手を伸ばしたが、それより先にジークがランプを持った。そして、灯りを点けることなくそのまま歩き出す。

なぜ点けないの？　と首を傾げたが、すぐに理由に思い至った。

夏休み前、ジークが私の部屋に突然現れた時、私のパジャマがランプに透けて、中に着ていたキャミソールがうっすら見えてしまったのだ。それを見て、ジークは顔を赤くしていた。

その二の舞にならないよう、あえてランプを点けないのだろう。

「ジーク様」

「今度はなに？」

「手紙……本当は読まれました？」

ジークは立ち止まり小さくため息を吐くと、こちらを向くことなく口を開いた。

「読んだよ」

やっぱり……

「なるほど、そうでしたか」

正直なところ、まさか私のたった一言で、ジークが学園を離れてアンバーにやってくるとは思ってもみなかった。

だから、ジークとレーナが恋に落ちるという、あり得ない展開も可能性としてゼロではないのでは……と思ってしまう。

いやいやいや、だけどそれはない。

改めて考えてみても、私達の仲は良好ではない。

転生した時、一年目の春にもかかわらず、悪役令嬢と取り巻きによるヒロイン虐めイベントが起きた。

　このイベントを起こすには、ある程度ジークとヒロインが親密になる必要がある。ジーク以外のキャラクターを攻略していれば、このイベントが起こるのはせいぜいゲーム時間で言うと二年目から三年目。一年目の春にイベントが起こったということは、ヒロインは間違いなくジークを攻略中だったはず。

　シナリオ通りヒロインがジークを攻略中となれば、なおさら悪役令嬢であるレーナがジークと親密になる可能性は低い。

　確かに私がゲームとは違う動きをしたから、多少ルートは外れていたかもしれない。けれどそれは、シオンルートの一部をジークに手伝ってもらった程度だ。

　シオンとヒロインの恋愛フラグは、教会の問題を解決してしまったため、へし折ったことは認めるけど……ジークルートに大きな影響はないはず。

　レーナがヒロインの代わりにうっかりやらかしたのは、図書館での落下イベントがヒロインの真似をしたら代わりに発生してしまったやつだけだ。

　数多くあるジークの恋愛イベントのうちのたった一つ。たった一つよ……

　少し前まで、間違いなくジークはレーナに対して酷い扱いをしていたのだ。

　現にゲームで彼は、有力公爵家の娘かつ、自分に惚れ込み操縦しやすいレーナとの婚約を破棄してまで、ヒロインとの恋を貫き通した。

　それが今、ヒロインを学園に置いて、私のもとに来てしまっているときた。

ジーク攻略の必須条件のどれかをヒロインが満たしてないから、ジークルートが発生しない？

それともジークにとってヒロインとの恋よりも、レーナとの婚約解消が一大事となっている？

――うん、わからん！

あれこれ足りない頭で考えていると、

「……なぜ、そんなに変な顔をしているんだい？」

ジークが不思議そうな表情を浮かべて、私の顔を覗き込んだ。

「えっ」

「私からも一つ質問しても？」

思わず自分の顔に触れて確認している私を横に、ジークは表情を真剣なものに改めた。

「なんでしょう」

なにを質問されるのかとつい身構える。

「なぜ二通目を出したんだい？」

「……一通目は出すつもりはなかったのです。でも、メイドが私の部屋に置いてあった手紙を見つけて、出してしまって。ジーク様からたくさんお手紙が来ているのに、私が一向に封を開けないものだから、ようやく返事を書いたのだと思ったようで……」

ジークは頷いて、私に先を促す。

「ですから、ジーク様が待っているだろうと早馬で届けるよう頼んだみたいです。気がついて後からさらに早馬を出したのですが、間に合わなかったのですね」

流石《さすが》に夜のテンションで、悪役令嬢にもかかわらず物語のヒーローに短いＳＯＳをしたためてしまったとは言えない。

「そうだよ。残念ながら二通目が届いたのは、一通目が届いてから半刻もしない間だった。けれどすでに封を開けてしまっていた」

「中身が抜き取られておりました。それはなぜ？」

中身を見た上で駆けつけたことを認めたジークに、私はうっすらと期待してしまった。

悪役令嬢の私のことも、この世界のヒーローだからこそ、気にかけてくれたのではないかと。

「君からこのような手紙が来るとは思わなかったから、なんとなく気になって……なにか裏があるのかと」

しかし、ジークは騙《だま》されないよと言わんばかりに私を見つめた。

はい、そういうことでした。ちょっと、私のドキッとした気持ちを返せ。

裏があるのかとか、私に言わなくてよかったんじゃないの？　色気もくそもないわね。

ここは恋愛ゲームの世界なのに、ことレーナに関してはまったく恋愛要素がないことを実感する羽目になった。

「ジーク様、部屋に戻りましょう。このまま議論していては朝になります。私、八時間は寝ないと体調を崩すのです」

私はそれ以上聞くまいと、わざとらしく額に手をやって、気だるげに首を振った。

「そんなこと初めて聞いたけれど」

「えぇ、殿方にいちいち睡眠時間の話をする機会などありませんからね。次からは覚えておいてください。とても重要なことなので」

しれっと適当なことを言う。すると、ジークは半目でこちらを見つめた。

「へぇ～」

「その顔は信じていませんね」

「信じていないことはないけれど、この話を打ち切りたい……と思っていることはわかるからね。まあ、もう夜も遅いし、今夜は見逃してあげるよ。私は優しいからね」

ジークは口元に片手を持っていき、口の端を少し持ち上げ皮肉げに笑う。

反応したら負けだ。

その後、ジークは私を自室まで送り、テラスの窓の鍵を施錠《せじょう》するのを見届けて去っていった。

魔力を結構使ったようだったのに、それを微塵《みじん》も感じさせずスタスタと。

モヤモヤは残るものの、今はジークから解放された喜びのほうが大きい。

私は勢いよくベッドに横になり、さっさと夢の世界へと旅立ったのだった。

二　真実とは……

あれから、ジークは学園都市に戻らず、しばらく私の家に滞在することになった。

おかげで胃がキリキリと痛む。

でも、今日の午前中は私の心のオアシス、ダンスレッスン。

イケメンのリオン先生と近距離で会話を楽しみながら踊る、スーパー癒《いや》されタイムなのだ。

髪もパーティーの時のようにフルアップにして、普段よりも高いヒールを履けば、後はイケメンが来るのを待つばかりなんだけど……

どういうわけか、ダンスの練習を行う広い部屋にジークの姿があった。

なんでよ⁉

ジークにダンスレッスンに集中したいから席を外すように言ったのに、面白そうだからと、頑として出て行かなかった。

癒《いや》しの時間が一転、気まずいギスギスタイムに早変わり。

私にヒラヒラと手を振って部屋に入ってきたリオン先生は、私の後ろで優雅にお茶を楽しむジークを見て動きを止めた。

「すみません、御来客中でしたか」

ジークに気がついた先生が、すぐに頭を下げて、退出しようとする。しかし、ジークはそれを遮るように優雅に立ち上がり、丁寧に挨拶をした。

「驚かせてしまいすみません。私はクラエス公爵家のジーク・クラエスと申します。今日は、婚約者であるレーナのダンスレッスンを見学させていただきたくて。よろしいですか？」

「ご挨拶が遅くなり申し訳ありません。リオンと申します。夏休みの間、レーナ様のダンスの講師をしております。レーナ様さえよろしければ、私はいくらでも見ていただいてかまいません」

緊張感マックスのぎこちない様子で先生が答えた。

先生の緑の瞳がどういうこと？　と私に言っているのがわかる。

「今日は中庭で練習いたしましょう」

どうせ今更なにを言っても、ジークは出て行かない。

彼の前で踊るようなキリキリした状況をなんとかしてあげようと、リオン先生にそう提案したのだけど……

「クリスティー。すまないが、中庭にお茶の準備を頼む」

「かしこまりました」

私のメイドをジークにサラッと使われてしまう。

中庭の一角に、今までなかったくつろぎスペースの誕生である。

「私を気にせず普段のようにしてかまわないから」

にこやかにジークは微笑んだが、そんなことできるはずもない。

私が日に焼けないようにと、メイドや従者数人がかりで屋根に大きな天幕が張られ、日陰が作られた。

バイオリンを片手に、リオン先生と同じタイミングで採用した奏者・マルコ君も少し遅れて中庭に現れた。

しかし、ジークが見学することを聞いたようで、案の定顔色は真っ青でガチガチである。

プロを目指す少年を雇ったのが仇《あだ》となった。

親しみやすい雰囲気の私とは違い、公爵家嫡男《ちゃくなん》のジークは、あの類《たぐ》い稀《まれ》な美貌のせいもあって纏《まと》う空気が全然違う。

座ってお茶を飲んでいるだけなのに、いつの間にかピーンッと張るような緊張感が中庭に漂っていた。

マルコ君の楽譜《がくふ》を持つ手が尋常じゃないほど震えているし、今日はどんな演奏になるか実に不安だ。

彼は何度かのお茶の時間を通して、私に対して少しは緊張が解けてきていたのに、逆戻りどころか悪化している。

これまでのキャッキャッ、うふふとしたレッスンとは一転して、私も緊張した面持ちで先生とホールドを組む。

「リオン先生、ごめんなさい」

小声で謝罪する。私だったら先生のポジション、絶対嫌だもの。

「いえ、仕事ですから」

リオン先生は顔色を悪くさせながら、首を横に振った。

遠くにいるマルコ君に合図を送るけれど、こちらを見る余裕など彼にはなく、震える手で楽譜《がくふ》を整えている。

あっ、落とした。今日の演奏はダメかもしれない。

ジークはこの緊張した空気が、自分がここにいるせいだと絶対にわかっているのに、すました顔で紅茶を飲む。

時折カップを両手で持ち、自分の魔法で冷やしてやがる。

なんとかマルコ君が演奏を始めた。いつもより遅めではあるが、とりあえずは旋律《せんりつ》が奏でられている。マルコ君、頑張れ。

先生のリードで私は動き始めた。

練習の成果か、緊張はしているけれど動けている。

先生のリードがうまく、どうにか演奏に合わせて踊れた。

しかし、ジークは次期公爵故に、ダンスは教養の一環としてガッツリ仕込まれているだろう。見ているだけと言ったけれど、口を挟んでこないかとひやひやする。でも、予想に反してジークはまったく口を出さなかった。

ジークが静かにしていることがわかると、だんだんと緊張は解けて、ついついいつもの調子で踊りながらおしゃべりが始まる。

「レーナ様、先日のトマト美味しかったです。数が多かったので、パスタソースにしていただきました。ごちそうさまでした」

「それはよかったですわ。実はあのトマトは私が作りましたの」

「そうだったんですか。ということは魔力で？」

「ええ。つい無心で作っていたら、あまりにもたくさんできてしまって……」

ジークとは違い、リオン先生とは今日も会話が弾む。

話はトマトからトマトパスタ、パスタといえばアンバーでは魚介が外せない、とますます変わっていく。

私がすっかりさっぱりとジークのことを忘れて、ダンスを楽しみ始めた時だった。

それまでの暑さが急激に和らぎ、逆に冷気を感じた。

こんな芸当ができるのは、一人しか思い当たらない。私は思わずジークを振り返り、その拍子に先生の足をギュッと踏んでしまう。

目線の先にいるジークは、暑いから空調を効かせてくれたような雰囲気ではなかった。

怒りを露《あらわ》にしたジークの碧《あお》い瞳が、私達を鋭く捉えている。

ただ事ではない。

どうかしたの？　と私が尋ねるより先にジークは立ち上がると、すらりと剣を抜き、その場から一瞬で消えた。

王立魔法学園で落ちこぼれの私の瞳では、ジークの動きは当然追えない。

ジークが消えたと同時に、先生が私から手を放した瞬間――

キンッと金属のぶつかる音がした。

驚いた私は、じりじりと後ろに下がった。

驚いた理由は、ジークが剣を抜いたからではない。ジークが振り下ろした剣を、リオン先生が自分の剣で受け止めたからだ。

私の護衛ですら、帯刀しているのは一部の者に限られている。にもかかわらず、公爵家に出入りし、私にダンスを教えるだけの外部の人間であるリオン先生が帯刀していた。

ダンスのレッスンはこれまで何度もあった。当然、私とダンスを踊るほどの距離に来るのだから、安全のため、先生のボディーチェックは厳重に行われているはず。

そんな先生が帯刀していたのだから、驚くなというほうが無理である。

いち早く事態に気づいたクリスティーが駆け寄ってきて、私を自身の背に隠すように立った。

マルコ君だけが、今起こっていることに気がついていないようで、緊張した面持ちで楽譜《がくふ》を見つめたまま演奏を続けている。

場違いなバイオリンの音色が流れた。

「私の話を聞いてからにしていただけますか？　ジーク様」

リオン先生がジークに語りかける。

その手にはどこから取り出したのかわからないが、緑色に艶めく、刃渡り五十センチはあるだろう剣が握られていた。

「では聞くが、レーナに先ほどから魔力でなにを？」

ジークは低い声で、先生と剣を重ね合ったまま続ける。

え、私、魔力でなにかされていた⁉　全然気がつかなかったけど⁉

思わず身体のあちこちを触れていると、リオン先生は焦ることなく淡々とその質問に答えた。

「落ち着いてください、ジーク様。公爵様にはご了承いただいていることです」

「レーナの今の様子から、とても了承があったとは思えない。それに、その剣を体内から取り出すのを見た。体内にしまえる剣など魔剣しかない」

先生の手に握られた剣は緑色に光っていて、普通の剣とは明らかに違う。

「そうです。これは魔剣です」

「やはり。魔剣を作製するには、人を斬りつけ魔力を吸い取らないといけない。魔力の少ない者を殺し、その魔力を吸い上げるなら、何千……いや万単位の人間を殺す必要がある。だから、何百年も前から魔剣の作製は禁止されているはずだ。そんな剣を保有しておいて、なにを弁解するつもりだい？」

射殺すような目つきで、ジークは剣を突き込む。リオン先生はそれを間一髪で逃れると、ジークが再び振り下ろした剣を全身で受け止める。

「――っ！　ジーク様の仰る通り、現在魔剣の作製は禁止されておりますし、所有も普通は認められません。ですが、私は認められた身分なのでございます」

「魔剣の所有を認められた身分？」

ジークの眉が訝しげに顰《ひそ》められた。

「これをご覧になれば、なぜ魔剣持ちの私がアーヴァイン家に派遣されたのか、すぐにおわかりになりますよ」

リオン先生はそう告げると、ジークの剣を実にあっさりと弾いた。

ジークは派手に吹っ飛んだが、地面に叩きつけられる寸前になんとか受身を取る。

「レーナ様、手を……」

ジークをやすやすとぶっ飛ばした後、リオン先生は私のほうに歩み寄り、そっと手を差し出す。

いくらイケメンで親しくなったとはいえ、今起こったことを目の前にして、流石《さすが》にこの手は取れない。

私と先生の間に両手を広げて立ちはだかり、身を呈して私を守ろうとしているクリスティーは、こちらに向かって「お逃げください」と囁いた。

しかし、彼女の声も身体も震えている。

「クリスティー、無理をしなくていいわ。下がりなさい」

震えるクリスティーを見て、私は主《あるじ》として覚悟を決めねばと彼女の前に出た。

先生の狙いは、私だ。

リオン先生は私が前に出たのを認めると、目を細めてさらにこちらに近づいた。

そして、私の手を取ると――魔剣で私の手の甲を一気に刺し貫いた。

「あああぁああ！　……ん？」

痛くない……？　マジックのように剣は見事に私を貫いているけど、まったく痛くない。

「ほら、ジーク様もご覧ください」

リオン先生は私を刺した瞬間、血相《けっそう》を変えて再び飛び込んできたジークを振り返り、しれっと言う。そして、魔剣を手に刺したまま、キョトンとしている私を見せた。

「痛くないわ！　なぜ？」

自分でもなぜ痛くないのかわからなくて、ジークを見つめてそう口にしてしまった。

「魔剣の所有者は、魔剣で傷をつけることは絶対にできない。……私の仕事は、魔剣の回収。公爵様にはレーナ様を絶対に傷つけないと約束をし、代わりにダンスの先生として近づけるように取り計らっていただきました。やはりお身体に入っておりましたか、レーナ様」

リオン先生は……ダンスの先生ではなかった⁉

「ぎゃぁぁあああああ‼」

その瞬間、中庭に凄《すさ》まじい叫び声が響いた。

今更悲鳴をあげたのはマルコ君だ。

演奏に夢中になっていた彼は、周りの様子のおかしさにようやく気がついたらしい。視線を上げて見てみれば、リオン先生が私の手に剣をぶっ刺していて、驚愕《きょうがく》したようだ。

「大丈夫、大丈夫だから……ほら！　ね」

私は心配させないよう明るく声をかけてみたけれど、マルコ君はその場で泡を吹いて倒れてしまった。

やっぱりショッキングな映像よね。手に剣が刺さっているのって。

その後、ズズズッと緑の魔剣は私から引き抜かれた。

さっきまで魔剣が刺さっていた箇所を見ても、先生の言う通り小さな傷すらない。

「正式な自己紹介がまだでしたね。私は魔法省アンバー支部・執行部代表、リオンと申します。私が魔剣を公《おおやけ》に取り出せるのは、国に帯刀許可を得ているからです、ジーク様」

先生――もといリオンはそう言うと、胸元から名刺サイズのカードを取り出し、ジークに提示した。どうやらそれが身分証明書のようなものらしい。

「魔法省だと……」

ジークが怪訝《けげん》な顔で、リオンが差し出したカードを手に取り眺める。するとたちまち眉間に深い皺《しわ》ができた。

そして、リオンはくるりとジークから私のほうに向き直った。

「公爵令嬢レーナ・アーヴァイン」

私の名前を呼ぶリオンの顔からは、いつもの笑顔が消えていた。代わりに冷たい目で私を見据えている。

「はい？」

一体、改まってなに……？

「魔剣所持の容疑で貴方を拘束します」

「えっ？」

「公爵様との約束でレーナ様を傷つけず、できる限り穏便にとのことでしたが……所持は所持でも身体の中にお持ちの場合は別です。これより抵抗した場合、反撃とみなし攻撃します」

リオンは眼鏡の位置を直しながらそう言うと、私の両手首に乳白色の腕輪を一つずつはめた。

「ちょっと……えっ？　……えっ？」

思いもよらない展開に思いっきりうろたえる。

だって私、さっきまでいつも通りダンスの練習をしていたのに。

装着された途端、私の魔力がズズッと腕輪に流れ込むのを感じる。

これはヤバいやつや。

「少し落ち着いてもらえないだろうか」

ジークが私とリオンの間に入り、私を背後に隠す。

やや困惑した様子のジークを前に、リオンは魔剣をゆらりと構えた。

「もう私の身分を明らかにしましたので、拘束した人物の逃亡をほう助すれば、妨害したとみなされ、身分にかかわらず罪に問われますよ。ジーク・クラエス様」

「レーナはまだ十三歳。魔力をろくに持たない人間を大量に殺すにしても、作製できるほどの時間があったとは思えない」

「彼女が問われているのは、魔剣の作製ではなく、魔剣の所持です」

魔剣についての心当たりが、まったくないわけではなかった。

むしろ、私の身体の中に入ったままの剣――というのに、思い当たる節がガッツリとある。

グスタフと戦った時、彼が使っていたナイフが私の中に入っちゃったのだ。確かあのナイフもリオン先生の剣同様、色は違うもののヌラヌラと紫色に光っていた。

でも、入れようと思って身体に入れたんじゃない。不可抗力だった。

胸に突き刺さっているのを取ろうと思って、引っ張ったけど抜けなくて、ズズズーッて身体の中に入っていっちゃったんだもんとしか言えない。

「先日、ジーク様が氷漬けにされた医務室の校医アイベル……いやグスタフを覚えていらっしゃいますか？　彼には魔剣作製の容疑がかけられており、魔法省が追っていたのです」

それ初耳ですけど……

「彼はここ十二年ほど姿をくらましていたのですが……まさか、教会の幹部に収まり、王立魔法学園の校医として潜伏しているとは思いもしませんでした」

医務室の校医という単語でジークの肩がぴくりと跳ねた。彼もグスタフが使っていたナイフの存在を思い出したのかもしれない。

「事件当日、グスタフが紫の光を帯びた気味の悪い刃物を振り回していた、との証言が複数人からあがっております。彼に斬りつけられたジーク様は、魔力が吸われたと感じませんでしたか？」

リオンは首を傾げてジークに尋ねた。

「刃先が私をかすめる度に魔力が著《いちじる》しく減る感覚はあった。……まさかあれが魔剣だったなんて。今やおとぎ話のようなものが、そう何本も存在するはずが……」

ジークは目を瞠《みは》り、信じられないとばかりに呟く。

魔剣を一本作るのに人をたくさん斬らないといけないなら、そう何本もあるほうがおかしいと思うのは当然だわ。

「グスタフは鞘《さや》を所持しておりましたから、ジーク様と戦う前はまだ魔剣ではなかった。魔剣は体内に収納できますが、魔剣になるまではしまえませんから」

リオンはそう言いながら、お手本のように自分の掌から魔剣を体内にしまって見せた。

「グスタフを捕縛した後、我々も魔剣のなりそこないを必死に探しましたが出てこない。レーナ様に刺さっていたとの目撃情報が最後でした。刺されたご本人であるレーナ様か治療を行ったシオン。そのどちらかが隠し持っていると判断し、魔法省は秘密《ひみつ》裏に捜索していました」

その一環として、リオンが私の下に派遣されたのね。

「調書を取るのに協力してもらっている間に、シオンの私物を検《あらた》めましたが出てこず。レーナ様の部屋にあった、魔剣を隠せるような大型の家具は、夏休みに入ると同時に、魔法省の職員が適当な名目で預かり検《あらた》めましたが隠されていなかった」

家具のすべてをメンテナンスに出すって、あれも魔剣絡みだったのね……

「公爵様に協力を仰《あお》ぎ、魔剣の在《あ》り処《か》がわかるまで、レーナ様とシオンがアンバー領に留まるように取り計らってもらいました」

だから父は、自分の予定に合わせて教会のことを聞かせてもらう、とシオンに言っていたのか。

「公爵様にはダンスの講師として、レーナ様のお傍に近づくことを許していただきました。シオンは類《たぐ》い稀《まれ》なる聖魔法の使い手ですので、アンバー領で治癒師として働いてもらい、患者の中にもぐり込んだ魔法省の職員が、魔道具で時間をかけて調査をしておりました」

私の与《あずか》り知らない出来事が、リオンの口から次々と明らかになっていく。と同時に、シオンが私にちっとも絡みに来ない理由もわかってしまった。

「シオンは魔力量的に魔剣の器になれる人物だった。万が一、魔剣を所有したまま逃亡されてはと懸念しておりましたが、公爵様は養子を検討していると甘美な言葉をちらつかせ、うまく引き留めてくれましたよ……レーナ様を守るためにね」

その瞬間、サマーパーティーで見せたシオンの落ち込んだ顔が脳裏《のうり》に浮かんだ。

ずっと心の拠り所だった孤児院を失ったシオン。家族の愛情に飢《う》えている彼の気持ちを弄《もてあそ》ぶような行為に、怒りで自然と身体が震えた。

魔剣の回収を確実に遂行するためだけに、シオンの心の弱みに付け込み、私のことを引き合いに出して父を動かす。これが魔法省のやり方……

あまりの所業《しょぎょう》にリオンをきつく睨みつける。そんな私を一瞥《いちべつ》して、ジークは再びリオンに向き直った。

「そもそもシオンはともかくレーナの魔力量では、魔剣の器になることなんて不可能だ」

「魔力量は多く見せかけるのは無理でも、少なく見せかけることは、やろうと思えばいくらでもできますからね。それにアーヴァイン家は、過去の戦争で、他国から攻め込む魔力持ちを斬りつけ魔剣持ちを何人も輩出した名家。その直系であるレーナ様が、魔剣を所有できる器でもなんらおかしくありません」

リオンは淡々とした様子でジークの問いに答える。

「さて、レーナ様。最後に伺います。嘘など吐かれませんよう」

そう言って、リオンはじーっと私を見つめ、ゆっくりと口を開いた。

「貴方は体内に魔剣をお持ちですね？」

「……はい」

その問いかけに対して、逡巡《しゅんじゅん》した後、私はおもむろに頷いた。私の中に一本のナイフがあるのは事実なのだ、頷くしかない。

ジークは信じられないという顔をして、勢いよく私を振り返る。

「これからレーナ様には王都で尋問がございます。御同行願います」

「はい……」

こうしている間にも、魔力がどんどん腕輪に吸われていく。

早くも魔力切れしてきたのか、私の額には汗が滲《にじ》み出し、身体はだるさを訴え始める。

「レーナの顔色が悪い。魔力を吸い取る犯罪者用の魔石錠《ませきじょう》はやり過ぎではないのか？　事情を先に聞くべきだろう！」

ジークが私の肩に手を置き、荒く息をする私の顔を覗き込むと、苛立ちを隠さずリオンに叫んだ。

「これでも魔剣所有者に対して十分配慮のあるレベルです。魔剣の主《あるじ》になれたレーナ様ならば、これでも十分に動けるはず。やろうと思えば魔石錠《ませきじょう》に魔力を限界まで吸わせて壊し、魔剣を体内から取り出して暴れるくらいはできるかと……。ジーク様、貴方にも伺いたいことがあります。貴方の場合はあくまで任意ですが、王都まで御同行をお願いしてもよろしいですか?」

身体が熱い、頭が痛い。瞼《まぶた》が私の意思に反して下りてくる。

目を開けないと駄目だと思うのだけれど、身体に力が入らない。

次の瞬間、身体に衝撃を感じ、鈍い痛みが全身を襲った。

……倒れた? 私、今立っている? 倒れちゃった? アレ……?

「……レーナ? レーナ! ――レ――ッ!」

必死に自分の名前を呼ぶジークの声が遠くに聞こえて、私は意識を失った。


目覚めた私は簡易なベッドに寝かされていた。

転生前の私なら全然問題ないレベルの代物だけれど、お嬢さま育ちで常にお高いベッドに寝かされていたレーナの身体には、ちょっとスプリングが硬くて合わない。

うっすら見える天井に、見覚えはない。どうやらここは私の部屋ではないみたいね。

身体は重く、やっと瞼《まぶた》が開けられる程度。指一本すら満足に動かせそうもない。

「よかった。魔力が急激に失われたから駆けつけたけど、レーナ様、死んじゃったかと思った……」

視界に入ってきたのはシオンだった。

シオンは柄にもなくすごく心配した顔で、私の右手を一生懸命擦《さす》っていた。

私と血の盟約を結んでいるから、私の魔力が減っていくのを、離れていても感じていたのかもしれない。

「目覚めたのか？」

そう言って、次に覗き込んできたのはジークだった。ジークもシオンと同じく心配した顔で私を見つめている。

左手を擦《さす》られている感覚があるから、こっちはジークなのだろうか。

「……ここは？」

「起きましたか？　レーナ様が倒れられたので、王都に移送する前に、一先《ひとま》ず魔法省のアンバー支部に運ばせていただきました」

扉が開く音がしたと思ったら、淡々とした調子で、リオンが私の問いに答えた。

リオンが入室するやいなや、シオンは彼に怒りの形相《ぎょうそう》で突っかかる。

「ちょっと、あんた達いい加減にしてよ。何度も言ってると思うけど、レーナ様の魔力量はしょぼいの。学園に入学できたのも、公爵家っていう最強のコネと調子のいい日が重なった、奇跡レベルのことなんだってば！　だから、これ取らないと本当に死んじゃうって！」

真実かもしれないけれど、歯に衣着せぬ酷い物言いである。

いつもだったらちょっと泣いていたかもくらいの、まんま悪口だ。

「死んでなどいないではないですか？」

怒っているシオンとは対照的に、リオンは実に落ち着いている。

「それは腕輪がレーナ様の魔力を吸っちゃうから、これ以上吸われないように、僕とジーク様がそれぞれ魔力を腕輪に吸わせてるからじゃん！」

そういえば、じんわーりと温かなものが、擦《さす》られている手から入ってきているような気がする。けれどその温かなものは、私の体内を循環せずに、すぐに両手にはめられた魔石錠《ませきじょう》に吸われてしまう。

「殺したくないのなら、そのまま頑張ることですね。お二人の魔力量は桁外《けたはず》れですから、その魔力を魔石錠《ませきじょう》に割いてもらえれば、貴方方に抵抗される可能性が減り、こちらとしては好都合です」

そうリオンにさらりと言われた。

私の魔力がカツカツなのは、自分がよくわかっている。シオンとジークが魔力を送るのを止めたら、私、本当に死にそう……

「どうか、レーナの魔力量をきちんと測定してから判断してほしい」

ジークが必死に懇願するも、リオンは小さく首を振った。

「先ほども言いましたが、レーナ様は魔剣の主《あるじ》です。器になれるほど、大量の魔力を保有しているはずですよ。ちなみに名家の出身ではない私でも、この腕輪程度なら、三つ着けても普通に動けます」

リオンがベッドの上に寝そべる私を見て、ふんと馬鹿にしたように鼻を鳴らす。それを見て、シオンがぶち切れた。

「あーもう！　だから、この人、変にツイてないんだって。魔剣も取り込みたくて取り込んだんじゃない！　うっかり身体に入っちゃっただけだよ」

「そうだとよろしいですね」

「第一、レーナ様が魔剣を取り出したとこなんて誰も見たことないでしょ？　この人、魔力も少ないし、ポンコツだから出せないいんだってば」

ポンコツ……

おいシオン、さっきから好き勝手に言っているけれど、私の意識が戻っていることわかっているよね？

目、開いているでしょうが！

「見てよ、この胸元のネックレス。これだけ他に比べて安っぽいでしょ。なにかあると握りしめるんだけど、きっと運気が上がるとか言われて、学園都市でぼられたやつだよ。この間のテストだって、クマまで作って必死に勉強してたのに、成績真ん中より下だったんだから！　馬鹿なの、残念な子なの！」

……ちょっとシオン。ＬＵＣＫＹネックレス様になんてこと言うんだよ。

運は本当に上がっているんだってば。ツキがないのは事実だとしても、これのおかげですべてギリギリのところで回避できているんだから。

あと成績の暴露は止めてちょうだい。ジークが冷ややかな笑顔でこちらを見ているじゃない。

「……どうして信じてくれないのさ。ヤバい状態になってることは、血の盟約を結んでる僕には、痛いほどわかるのに……」

ぎゅっと私の手を握るシオン。その顔は苦しげに歪《ゆが》められ、見ている私が切なくなってくる。しかし、リオンはそんなシオンを見てもなお、冷淡な態度を崩さない。

「お言葉ですが。なぜ貴方は、レーナ様と盟約を結んだのですか？」

「なぜって……」

「好き好んで、ポンコツと罵《ののし》る彼女の下に自らついたのですか？　違うでしょう？　どうしても契約せざるを得ない状態になったから、血の盟約を結んだのでは？」

あっ、これヤバい質問だわ。

シオンをやり込めたのは事実。でも、それもいろんなことが重なり、たまたまやり込めることができただけだ。

その過程をこの場で暴露するのは勘弁願いたいというか……暴露されたらヤバい。

一応、婚約者の前だぞ……今。

シオンも同じことを考えたのか、ちらりとジークのほうに視線をやる。口も態度も悪いシオンだけれど、意外と常識は持ち合わせているのだ。

別のヤバさに、嫌な汗が滲《にじ》み始める。

「僕がレーナ様に出し抜かれて契約したのは事実だけど……レーナ様の魔力では、僕がレーナ様の命を害さないくらいしか制約できないもん。それに、もしレーナ様がきつく僕を使役できたのなら、こうして捕まる前に、この人抱えてとっくに逃げだしてるよ。ジーク様もなにその顔。契約すればわかるよ！　なんでこんなのと契約したんだっけって、僕だって何度も思ったさ！」

アレ？　おかしいなぁ。シオンは私のフォローをしているはずなのに、やっぱりほぼ悪口じゃない？

ジークは同情するような眼差しでシオンを見ているし。

「さて、レーナ様。茶番はもうお終いです」

リオンがニッコリと微笑み、ベッドに横たわる私の背に手を入れて、無理やり起こしてくる。

身体が軋《きし》む、痛い、止めて……起こさないで。

「止めてもらえるかい？」

苦悶《くもん》する私を見て、すかさずジークがリオンの手を掴んだ。そして私から放させると、私の肩を優しく抱き、そっとベッドに戻す。

「まだ、彼女の罪が確定したわけではない。あまり乱暴なことはしないでもらいたい」

ジークがそう言って、冷たくリオンを睨みつけた。

「魔剣が身体に取り込まれた理由によっては、大きな罪に問われませんよ。少なくとも魔剣さえ返していただければ、コレも外します」

私の手に着けられた魔石錠《ませきじょう》を、リオンはコンコンッと薬指で叩いた。

「だから、出せないんだってば！」

シオンが声を出せない私の代わりに答える。

「レーナ様、魔剣が関わっていることですので、これ以上黙秘を続けるなら拷問《ごうもん》もあり得ますよ？私共も年端もいかないご令嬢にそこまではしたくないのです」

リオンは私を憐《あわ》れむような表情をしながら、私の頬に触れた。

その掌は異様に冷たい。

「ちょっと！」

「おい！」

シオンとジークが同時に声を荒《あら》らげる。

「これは失礼、お二人はレーナ様に魔力を送っていらしたのでしたね。レーナ様に魔力を送るのは、もう止めたほうがいいですよ。私が流す魔力の影響を貴方方まで受けてしまいますからね」

以前シオンが私にしたように、害する目的でリオンが私の身体に魔力を入れたのだろう。

リオンが触れた頬の冷たさが増したと同時に、シオンとジークが苦しげに声をあげた。

どういうわけか、害する目的で入った魔力に対して私は苦痛を感じない。これはシオンにやられた時もそうだった。

しかし、魔石錠《ませきじょう》に魔力を吸われ、リオンの悪意ある魔力に晒《さら》されている二人は、苦鳴《くめい》を抑えられずにいる。

リオンの魔力を押し返すように、先ほどまでとは比べ物にならない量の二人の魔力が、私の体に注がれているのがわかる。

「流石《さすが》ですね、レーナ様。叫ぶどころか、声の一つもあげないとは素晴らしい」

リオンは皮肉っぽく頬を歪《ゆが》ませ笑う。そんな彼を私は一層きつく見据えた。

「睨む暇があるなら魔剣を出しなさい。二人を苦しめているのは貴方ですよ」

出せたら出してるっつーの！　と思わず心の中で悪態をつく。

「もう、レーナ様なんとかしてよ！　一応あんた僕のご主人様でしょう。痛いし、気持ち悪いんだよ！」

そんなこと言われても、魔剣が出せないのは、シオンが散々ぼろくそに言うほど知っているじゃないの。

そう思った瞬間、ピシッという音が聞こえた。

音の聞こえた方向に目線を向けると、私の腕にはまっている魔石錠《ませきじょう》にヒビが入っていた。それはたっぷり魔力を吸い、濃い紫と白に色を変えたかと思うと砕け散った。

すると、両サイドからジークとシオンの魔力が私の魔力線に入ってくる。

私の細い細い魔力線が大渋滞状態なのにもかかわらず、どんどこどんどこ入ってくる。

――ちょっと待った、ちょっと待って！

身体のだるさが、魔力が満ちることで一気に緩和され、むしろ魔力線が破裂しそうな状態だ。

「痛いんだよ！　自分だけ対人魔法の防御対策してんのか知らないけど、痛くないからってシレッとしやがって。なんとかしろ、ポンコツー！　婚約者と釣り合ってないんだよ！」

よほど痛いのか、シオンの口汚さが増す。

「こんの貧乳ーーーーー!!」

「誰が貧乳よ！」

私の手が反射的に動き、シオンの頭をスパーンと叩いた。

驚いたリオンの手が、私の頬から放れる。

シオンとジークも、私のご乱心に魔力を送るのを止めた。

地面には、砕け散った魔石錠《ませきじょう》の残骸《ざんがい》が宝石のようにキラキラと散らばっている。

私は、はぁはぁと肩で息をしながら、思いのままに叫んだ。

「まず、リオン！　職務なんだから手抜きするんじゃない！　どうして私の魔力量をきちんと測定しないの⁉　魔剣って大事なものなのでしょう？　ちゃんと調べもしないくせに、言いがかりをつけて拘束して……馬鹿じゃないの！」

私はベッドの上で仁王立ちして、リオンをビシーッと指差した。

ポカーンとした顔でリオンはこちらを見上げている。

もう、イケメンとダンス♪　うふふっ、と思っていた頃の感情は戻ってこない。

「レーナ、落ち着いて。胸なら私よりあるから」

私を宥《なだ》めようとするジークに、二発目をお見舞いする。

「比べる相手がまずおかしいのよ！」

ジークは人並み外れた美貌を持っていても、れっきとした男性。本来乳があるべき性別ではない。

シオンの貧乳発言に的確に追い打ちをかけてくるな。フォローになってないわ！

私の大声を聞きつけて、部屋の外に控えていた魔法省の職員が入ってくる。

「ちょっと、レーナ様落ち着いて……胸については確かに僕が言いすぎました。謝るから。ほら……ね？　発展途上ってやつなんだよね、ね？　将来性とかそういうのあるよね」

シオンが口元をひくひくと震わせながら、私の機嫌を取ろうとする。でも、血の盟約を結んでいる私にはなんとなくシオンの考えがわかる。

『やベー、すごく怒ってるし、適当に取り繕《つくろ》って落ち着かせなきゃ』ってのが！

そして胸、胸、胸の話で、なんとなーーーく全員の視線が、私のささやかな胸に集まっている気がする。

おそらく気のせいではない。

けれど私のご乱心によって、魔法省の職員に攻撃されては大変だ。

なんとか落ち着こうと、深呼吸をする。気持ちを鎮めようと努力する一方で、頭にかーっと血が上っていくのがわかる。

どんどんどんどん全身が熱を帯びていく。暑いではなく熱い。なんで⁉

「やばっ⁉　レーナ様の身体、僕とジーク様の魔力が小さな器に一気に大量に入ったせいで、今にも飽和しそう。このまま魔力線が破裂したりしたら死ぬじゃん」

血の盟約を結んでいるシオンが、私の異常にいち早く気がついた。慌てて私の腕を握り、ベッドに引っ張り倒して、私の腕から魔力を吸い始めた。

いつの間にか深呼吸する余裕はなくなり、ふうふうと荒い息が私の口から零れる。

私の横で呆然と立っていたリオンが、はっとした様子で、床に砕け散っている魔石錠《ませきじょう》の破片を手に取った。

「破片の色が緑ではない……紫は氷、白は聖魔法。魔石錠《ませきじょう》を砕いたのは、レーナ様の魔力ではない。魔石錠《ませきじょう》二つが砕ける程度の魔力を注がれたくらいで、魔剣の主《あるじ》がこんなことになるはずは……いや、でも、どう見てもこの状況は魔力線が破裂する寸前……」

ぎゅっと魔石錠《ませきじょう》を握りしめ、切羽詰まった顔をするリオン。

「魔石錠《ませきじょう》はすでに砕け散ってしまったし、予備もない。とにかく、通常よりはるかに多い魔力を蓄えた状態であることは間違いない――お前達もレーナ様から魔力を吸いだせ！」

リオンの指示で、控えていた魔法省の職員も私の手や腕に手を添え、魔力を吸い始めた。シオン、ジーク、リオンを含む六人もの人間が、私の中でぱんぱんに膨《ふく》れ上がる魔力を吸い出している。

しかし、これだけの人数が必死に吸い取ろうとしているのにもかかわらず、あまり自分の中の魔力が減っていく感覚がなかった。

それはリオンも感じているらしく、彼は悔しそうに歯ぎしりをする。

「レーナ様の魔防反応のせいで、これ以上のペースで魔力を吸い出せない。レーナ様自身が、体内の魔力を誰かに送り込むことも今の状況では不可能……」

「人をもっと呼んできて、魔力を吸う頭数を増やしたほうがいいのでは？」

焦るリオンにジークがそう声をかける。

「人を呼ぶまで飽和せずに持つかわからない。そうだ。シオン、君は確か血の盟約をレーナ様と交わしていたな。盟約を結んでいれば、主《あるじ》の危機に、魔法による妨害を防ぐ魔防反応を無視して、多く魔力を吸えるんじゃないか？」

「言われなくてもとっくにやってる！　そもそもアンタがレーナ様に悪意のある魔力を入れたせいで吸うと痛いし、気持ち悪いんだよ。他の人の顔も見てみたら？　これアンタのせいだからね。それに僕は魔法省の人間じゃない。命令しないで」

リオンの悪意ある魔力にあてられたシオンは、頬に汗を伝わせながら、彼に険しい視線を投げる。

「このままだといつ彼女の魔力が飽和し、魔力線が破裂してもおかしくない」

ジークは緊張した面持ちでリオンに言い、瞳に深刻な色を浮かべた。

「レーナ様は魔剣の主《あるじ》だから、魔剣で切りつけても魔力を吸えない。……公爵令嬢を尋問中に殺したとなったら……」

顔面蒼白なリオンがぶつぶつと呟く。レーナに触れている手は、先ほどから小刻みに震えている。

「多く魔力を吸い取る方法ならまだあるじゃない。さっきアンタが自分で言ってたでしょ。それに、あの短時間でこんなに害する魔力を人に送れるんだから、相当魔力の扱いがうまいはず。僕よりレーナ様から多く吸えるよ。よかったね、これでアンタも僕のお仲間」

青い顔をしたシオンがニヤッと笑う。

「クソッ、どうして……しかし……もう、こうするしかない！」

リオンは大きく頭《かぶり》を振ると、胸元からペーパーナイフを取り出した。そして、私の左手を取り、ペーパーナイフで人差し指の先をほんの少しだけ傷つける。

うっすらと血の滲《にじ》んだ指先に、リオンの唇がそっと寄せられた。

「――貴方を裏切ることあれば……この血が私を蝕《むしば》みましょう」

不本意そうに苦々しく告げられる、聞き覚えのある台詞《せりふ》。

そう、リオンは私と血の盟約を結んだのだ。

隷属《れいぞく》したリオンは、主《あるじ》となった私が今、どのような状況なのかを理解したのだろう。ただでさえ青白くなっていた顔から、さらに血の気が引いた。

リオンが私の手を握りしめ、すかさず魔力を吸い始める。盟約を結んだことで、防御反応を無視して魔力が吸い取られていく。

ようやく見つけた出口に向けて、堰《せき》を切ったかのように体内の魔力が流れ出した。

「ふうー」

私の口からため息が零れるのと同時に、瞬《また》く間に熱が散っていくのを感じる。

気分がスッキリ爽快になった私は、ベッドから上半身を起こし、周囲を見回した。

魔力を吸い取った人達が、ベッドの周りでぐったりとしている。中には嘔吐《おうと》している者もいて散々な状態だ。

「えっと……皆さん、水でも飲みますか？」

この惨状の中で、一番元気な私が皆を介抱すべきよね。

まず、人を呼んできて吐いたもの片付けなきゃ。急いで部屋を出ると、扉の前にクリスティーが心配げな顔で立っていた。

「お嬢さま……！」

彼女は私の姿を見て、安心した様子で表情を明るくする。

「クリスティー。来てくれていたのね、ちょうどよかったわ。力を貸してちょうだい」

クリスティーは室内の地獄絵図を見ると、腕まくりをする。

「汚れたシーツはどうせ洗いますので」と、私が先ほどまで寝かされていたベッドのシーツを引っぺがし、すばやく吐しゃ物を片付け始めた。

翌日。結局私は王都に移送されず、今も魔法省のアンバー支部にいる。

用意されたのは簡素な部屋で、窓からの景色も屋敷に比べたら微妙だが、一応海は見える。私は海を眺めながら、お気に入りのトロピカルドリンクを飲み、クリスティーが運んでくるコース料理を朝から優雅に楽しんでいた。

エビは毎日でも飽きないわ……イセエビのような大きなエビだけど、一匹いくらなのかしら？

部屋の隅には、昨日とは別の魔法省の人間が厳しい顔で立っている。けれど、私は気にせず食事を続けた。

「お嬢さま、お味はいかがでしょうか？　キッチンの勝手が違いまして、いつものように仕上げたつもりなのですが……」

挨拶に来たコックが、外した帽子を胸元に抱きしめ、不安げな顔で私に尋ねた。

「今日も大変美味しいわ。不馴れな場所なのに、わざわざ作っていただいて申し訳ないくらいよ」

「もったいないお言葉です」

さて。なぜ私が未だに魔法省アンバー支部で、このように優雅にしているのかというと……あの後、阿鼻叫喚《あびきょうかん》で移送どころではなくなったからである。

ジークは座り込み、口元を押さえて動かず、リオンは真っ白な顔で「公爵様に……」と呟いた後気絶した。

シオンを含むあとの四人は、ベッドの傍で再び吐いた後、横たわり動かなくなった。

クリスティーが他の魔法省の人間を呼び、そして私の家に使いを頼んだ。

部屋を掃除し、ベッドのある部屋に人を運び……と、本当に大変だったのだ。

私はといえば、吐しゃ物の始末を手伝おうとしたら止められ、人を運ぶ際に肩を貸そうとしたら「お嬢さまにそこまでしていただくわけにはいきません」と止められ。途中から、ただ部屋の中を右往左往する人間になり果てていた。

父は、連絡を受けるとすぐに駆けつけてくれた。部屋の中の惨状と、まだ床に転がされたままの魔法省の職員を見て、驚いた表情を浮かべていた。

そして、私の無事を確認した後、きつく私を抱き締めた。

私の頭を大事そうに優しい手つきで撫でる一方で、「生きていることを後悔させよう」と物騒《ぶっそう》な台詞《せりふ》を吐き、魔法省の別の職員に連れられ部屋を出ていった。

私への尋問は、今回の不手際により父が怒り狂っていることで一時中断。私が魔剣を所持しているのは明確なので尋問が中止となっても、魔法省の建物から出すわけにいかない。

魔剣譲渡の恐れがあるため、魔力持ちである父や母とは接触できないが、魔力を持たないメイドやコックの出入りは許されたのだ。

私ができるだけ快適に過ごせるようにと、間借りしている部屋にふかふかなベッドをはじめ、屋敷の寝室に置いてあったサイドテーブルと椅子まで運び込まれた。

ハンガーラックのようなポールも設けられ、簡易的ではあるが、服と靴が並ぶクローゼットルームまでできてしまったのだから、仕事の早さに驚きだ。

おかげさまで、なかなか快適な空間となっている。

ジークは昨晩に続き、今朝の食事も拒否してベッドに伏せているそう。

丁寧な言葉で来るなという趣旨の短い伝言が届いていた。

シオンもあの後ずっと吐き続け、無理やり水を飲んでは吐きの繰り返しで、リオンの次に症状が重いそう。

魔法省の職員は、建物の外にさえ出なければ、中をうろつくのは大目に見てくれている。私は暇に耐えかねて、なかなか見ることのできない魔法省の建物内を探検することにした。

探検を始めてすぐ、たまたま前を通りかかった部屋の中から、えずく声が聞こえて立ち止まる。

ドアノブに手をかけると、鍵はかけられていなかった。

昨日私から魔力を吸収した誰かがいるのだろうか、とそっと扉を開ける。中を見ると、薄暗い部屋のベッドの上で、洗面器に向かって苦しげに吐くシオンがいた。

すでに腹の中のものは吐ききってしまったのか、出るのは胃液のみだ。

扉が開いたことで私の存在に気づいたシオンは、あっちに行けとばかりに、シッシと左手で払う。

そして、「うっ」と小さく呻《うめ》き、また洗面器に顔を向ける。

見兼ねた私は部屋に入り、シオンの背中をゆっくり擦《さす》った。

「あっちいけ……、ポンコツ」

シオンの毒舌もいつもと違ってキレがない。

吐き続けてろくに眠れていないのか、シオンの目の下にはクマができ、頬はこけ、唇もかさかさである。体力を奪われているのは一目瞭然《いちもくりょうぜん》だ。

リオンが流した害のある魔力を多く吸ってくれたため、その分症状が重いのかもしれない。

ご自慢の治癒魔法を使わないということは、今の症状は魔法では治せないのだろう。

私も少しは彼の中に残る悪い魔力を吸えないだろうかと、シオンの腕に手を当ててみる。

魔力を送り込むのはこうだから、吸うのはこうかしら？

温かかったり、ひんやりとしたりする魔力が微量だけど吸える。恐らく温かいのがシオンの、ひんやりとしているのがリオンの魔力。

「レーナ様……」

「少しは楽になりまして？」

ほら、私だってやればできるのよ、とドヤ顔してみる。

そんな私に力なく微笑み、シオンはまるで恋人のように指を絡めてきた。

するとシオンがなにかしたのか、私が吸う魔力が冷たいものだけになる。

冷たいなぁ……、夏でよかった。

「本当に平気なの？」

シオンが心配そうな表情でこちらを見つめる。

ひんやりはするけれど、暑いアンバー領ではむしろちょうどいいくらいだ。

「ええ、平気。涼しいという感じかしら」

私は目を閉じて、もっと掃除機みたいに勢いよく吸えないかと集中する。

「……ねえ、レーナ様。キスしていい？」

「えっ、嫌よ。さっき吐いていたわよね？」

唐突な要求を反射的に拒否する。目を見張る私に、シオンは上半身を起こし縋《すが》るように近づいた。

「一生のお願い」

手を引かれ、結局唇が重なった。

冷たいキス、再びである。シオンの唇から流れてくる魔力は冷たい。

シオンとのキスは……まぁ、今更一回増えても同じか。

私が受け入れると、シオンの表情が和らいだ。

手からだけでなく、唇からも魔力を吸い続ける。

シオンはゲーム内で天使と形容されるだけあり、黙っていれば可愛らしい。

それは、髪と瞳の色が本来の黒に戻った今も変わらない。目の下のクマとこけた頬さえも、庇護欲をそそられる。

目は閉じられているので、瞳を見ることは叶わないけれど、まつ毛は相変わらず長く繊細だ。

頬に触れたいと思い手を引くも、逃がすまいとシオンはさらに深く指を絡め、自由を与えてくれない。

シオンは口こそ悪いが、なんだかんだ面倒見がよく、私のフォローをしてくれる。

今回だって、血の盟約を結んでいるとはいえ、私からリオンの魔力を吸い出すのに無理をしなければ、ここまで酷くならなかったはずだもの。

でも、無理をしてでも助けようとしてくれた。その気持ちは素直に嬉しい。

じいっとシオンの顔を見つめていると、閉じられていた彼の瞼《まぶた》が開き、黒々とした瞳と視線がかち合った。

最後にシオンの唇が私の下唇を柔らかく食《は》み、ゆっくりと離れる。

「趣味悪いよ……」

シオンは不機嫌そうにこちらを睨み、ぷいっと顔を背けた。

「なにが？」

「さっきからずっと見てたの？」

あぁ、目を閉じず、ずーっとキス顔を見てたことね。

「まぁ、近くに顔が来ることなんて、あんまりないからなんとなく……」

「ふーん、そう。本番ではちゃんと閉じたほうがいいよ。特殊な性癖でも持ってない限り、かなり萎《な》えるから。……はぁ、喉渇いた」

シオンはそう言うと、先ほどまできつく絡めていた指を実にあっさりと解いた。そしてベッドの脇に置いてあった水差しを持ち、直で勢いよく飲む。

勢いがありすぎて、口内に入りきらなかった水が唇の端から零れ落ちる。

それについて突っ込もうかと思ったのだが、シオンの耳が真っ赤なのに気づいて、言葉を呑み込んだ。

「水、飲めるようになったならよかった」

「そだね～。お腹空いた」

「私の部屋に来ればいいわ。コックも来ているし、なにか作ってくれるわよ。シオンなら頼めるでしょ？」

「……あのさ、僕をなんだと思ってるのさ？」

「要領よくうまくおねだりできちゃうタイプだろうなぁ……と」

「まぁ、間違ってはないけど。ほれほれ、行った行った。僕、身体拭きたいし、服も替えたいの」

用済みになった私は、またもシッシと左手で追い払われる。

おい、ご主人様だぞ――私。

「ねぇ、シオン」

「なに？　手短にね」

傲岸不遜《ごうがんふそん》な態度でこちらを向くシオン。元の調子が戻ってきたと、ほっとしてしまう私も私だな、と思う。

「ありがとね」

「……あぁ、ごちそうさまってことね。ＷＩＮ‐ＷＩＮってやつだからいいんじゃない？　お礼は別に」

「そうじゃない、イケメンキスしてくれてありがとうじゃない。私をなんだと思っているのよ？」

思わず先ほどのシオンのように突っ込んでしまう。

いや、本当は心の片隅にイケメンありがとうの気持ちがないわけでもない。

「………えーっと、すごくメンクイの人？」

しばらくの間の後、まっすぐに私を見つめシオンは真顔で答える。

「いや、イケメン好きに関しては否定しないけれど。今のはそんなに体調を崩してまで、私を助けてくれたことに対してのお礼だから」

「へーへー。わかりました」

シオンは実に適当な返事をしながら、ひらひらと手を振る。

「あーもう、出てくけれど、そういうやましい気持ち全開で私は生きているわけじゃないんだからね！　そこんところ、ちゃんと覚えておいてちょうだい」

「うん、そういう気持ちも持ち合わせてるくらいは頭の片隅に置いておくね」

「……」

シオンにまだ物申したい気持ちはあるものの、今は体調が万全じゃないし、昨晩も眠れていないに違いない。私はすんなりと部屋を後にしてあげた。


魔法省アンバー支部は、こぢんまりとした四階建ての建物である。アンバーは比較的広い庭に、デンッと大きな屋敷が多い。

土地代を節約しているのかしら？　この辺、地価高そうだもの。

きょろきょろと建物内を見回すと、そこかしこに黒いローブに身を包んでいる人が見受けられる。

彼らは魔法省の職員なのだが、このローブがなかなかの優れものである。

ゆったりとしたデザインのローブは、丈が長く、普通に歩いていたら引き摺《ず》りそうなくらい。走ったりする時邪魔じゃないの？　と思っていたのだが、シュルンッと動きやすそうな黒っぽいズボンに形状が早変わりするのだ。不思議である。

この技術を用いれば、魔法少女のような変身ができそう。でも、悪用の恐れがあるからとかなんとか言って教えてくれないよね、きっと。

それにしても、ジークは大丈夫かなぁ……

来ないようにと念押しされたけれど、まぁ、私のせいでこうなったんだし、お見舞いはするべきよね。

とりあえず、私は彼の部屋に向かうことにした。

ジークの部屋は身分的なこともあるのか、私の部屋の近くにあった。

クリスティーに見つかっては大変。未婚の令嬢がとか言って怒られそうだし。

私はジークの部屋の扉をこそっと開け、さっと入った。

てっきり私と同じように家具が手配されているかと思えば、質素な部屋のままであった。ジークを休ませることを優先したからだろう。

「おじゃまします」

呟いてみるが返事はない。

室内はカーテンが閉められていて、昼間なのに薄暗い。

肝心のジークは、ベッドの上で死んだように寝ていた。服装も昨日のままだ。

テーブルの水差しは、半分ほど減っている。

眠れる程度には回復したようだけれど、この様子だと水しか口にしてないのだろう。シオンほどではないにしろ、やはり顔はいつもよりやつれていた。

とりあえず、少しリオンの魔力を吸っておこう。少しでも楽になるかもしれない。

おでこにそっと触れる。起きない、よしスタートである。

温かかったり、たまに冷たかったり。

魔力のコントロールがいまいちな私は、選択して吸うといった器用なことはできない。でも、まぁ、いいかと続けてみる。

それにしても、動かず横たわっているとジークは人形のよう……生きてる？

心配になって口元に手をやると、息がかかるので生きてはいるみたいだ。

うーん。シオンとはタイプが違うが、間違いなくお顔が整っていらっしゃる。

ジークの頬には触れたことはあるけれど、許可なしに触るというのはちょっと背徳感を覚える。

それから一五分ばかし適当に魔力を吸ってみた。

そろそろいいかな。もともと、眠れる程度には回復していたのだろうし。

来ていたことがばれないうちに……撤退《てったい》しますか。ジーク、結構ねちっこく怒るタイプだし。

まったく、私ってば今日はいいことをしたわ。

自画自賛しつつジークのおでこから手を放した、その時——

「ここでなにをしていた？」

突如、下からかすれた声が聞こえた。ギギギッと音を立てながら頭を下に向けると、ジークの目がバッチリしっかり開かれているではありませんか。

私はヘラッと笑みを浮かべ、軽く会釈《えしゃく》をしてその場から去ろうとした。

けれど、当然そううまくいくはずはない。

ジークは上半身を起こして、素早く私の手を掴んだ。

「……放していただけますか？」

「私は部屋に来ないようにと、わざわざ連絡したつもりだったのだけど？」

ニッコリと微笑んでいるのに、ジークの言葉には棘《とげ》を感じる。

曖昧《あいまい》な笑みを返しながら、私はジークの手をはがそうと四苦八苦する。

「寝ている間に私が去れば、来なかったことになります。後十秒ばかし目を閉じてくだされば、すぐに部屋から出ていくので。……それでなんとか、私がここにいることはなかったことに――」

「ならないよね」

私の適当な言い訳はバッサリと切り捨てられた。

「悪いことをしようとしていたわけではないのです。やましい気持ちで寝込みを襲いに来たわけではありません」

「へぇ……」

ジークは笑顔を崩さないものの、私を見る目がすごい勢いで冷たくなっていく。

ちょっと待って。さっきの言葉、どう考えても間違った！

完全に寝込みを襲いに来た人の言い訳にしか聞こえない。

シオンにも変な印象を抱かれているというのに、ジークからもヘンタイ疑惑をかけられてはたまったものではない。

私はジークの手から魔力を吸ってみせる。

「このように、魔力を吸い出せば少しは楽になるかと思ったのです……それだけです」

「……なるほど」

「おでこには触れましたが、他には指一本触れていませんとも」

「なぜおでこに？」

「それは手からより……」

唇から送ったほうが魔力が通りやすいという経験から、手や腕より、唇に近いおでこだと効率よくできるのではと考えたからだけど……

唇うんぬんを口に出してしまえば、シオンとキスしたこともなし崩しに話すことになりそうなので、私は口をつぐんだ。

「手より？」

ジークが先を促したが、私はふるふると首を横に振った。

「……いえ、汗をかいていたようなので、たまたまおでこに触ったのです。そしてそのまま魔力を吸いました」

それらしい理由を繕《つくろ》ってみる。内心冷や汗だらだらだ。

「……ふーん。まぁ、そういうことにしておいてあげるよ」

ジークの手が放れて、私は安堵《あんど》して息を吐いた。

しかし、ほっとしたのも束の間、再び手を握られ引き寄せられる。油断していた私の身体は、ベッドに座るジークのほうにあっさりと倒れる。

驚いて思わず目を瞑《つむ》ると、ギシッと音がして、背中に硬いベッドのスプリングが当たる。おそるおそる目を開ければ、すごく近い距離にジークの端整な顔があった。

「なにか？」

こちらを見下ろすジークをキッと睨みつける。するとジークは目を細めて、するりと私の頬を撫でた。

「……どうして私に剣が身体に入ってしまったことや、シオンと血の盟約を結んでいることを言わなかった？」

「それをジーク様に話して、私にメリットがあります？」

ぶっちゃけ魔剣については普通に忘れていたし、シオンの件は言えるはずもない。

それにしても、あれだけ無下に扱っていたくせによく話してくれると思えるな。その思考回路に驚きよ。

「立場的に、不本意でも君を守るため動かないといけない場合がある。その時に、今回のように重要なことを知らないのはごめんこうむりたい。なにより…………面白くない」

ジークはいつもの愛想笑いで一気に言った後、さらに笑みを深めた。

確かにシオンとの盟約はともかく、魔剣についてちっとも話していなかったせいで、今回ジークにはかなり迷惑をかけてしまった。

おまけに、尋問中にリオンの悪意のある魔力を受け、体調不良で寝込ませた。

氷の魔法の使い手であるジークの機嫌に引きずられるように、部屋の温度が急激に下がった。

もしジークがこれでもかってくらい怒ると、無意識に氷魔法を発動させてしまうとするなら……

結婚後、万が一浮気したら私……氷漬けにされるかもしれない。

今考えたことを言ったら、少しは場が和むかしらと一瞬思ったけれど、とてもそんな軽口を叩ける雰囲気ではない。

言葉にせずともわかる。ジークはめちゃくちゃ怒っている……逃げ出したい。

男性の急所——股間を蹴るという方法が唯一残っている。他に私がジークに対して有効打を与えられると思えない。

もともと戦闘においてお荷物要員の私が、ジークとやり合って勝てるはずもない。

でも、股間が決まったとしても、扉を氷漬けにされたら……ここから出られないし、その後とーっても恐ろしい時間が始まるだろう。

「ジーク様、上から退いていただけますか？」

余裕ぶってそう言うものの、ジークが退く気配は皆無だ。

どうする、なにかない？　なにかないの？

ジークといると、いつも私はどうこの場を切り抜けるか、ということばかり考えている気がする。

その時、ふとレーナが集めていた恋愛小説の一節を思い出した。

「ご……強引に唇を奪っても、心は手に入りませんよ」

イタいヒロインっぽい言葉でウザ絡みして、ジークをうんざりさせる作戦だ。私には、もう他に手が思いつかない。

ちなみに、私が言われたらイラッとする台詞《せりふ》である。

それからジークの口を手で押さえると、彼の眉間に皺《しわ》が寄った。

あっ、これイラッとしたかも。

目が、なに言っているお前と語っているのがわかる。

ジークの口が動くのを感じて、さらにぎゅっと強めに手を押し当てる。もごもごと声がくぐもり、ジークは言葉を発せられない。

言葉にできなければ言わないのと同じだ。

……えっと、続きはなんだったかしら。

『キスを拒まれ、彼は不満そうに私を見つめた。でも、ここであっさりと彼を受け入れてしまっては、私も彼にとって、その他大勢の女の子の一人になってしまう』

そうだ、ここでこの一文に続く名台詞《ぜりふ》をかまそう。

「私の心を手に入れたくば――」

「私を心から愛しなさい」

ところが、私の手を無理やり払い除《の》けたジークが、言おうとしていた名台詞《ぜりふ》を横取りした。

嘘、まさかジークもあの甘すぎる小説の読者だというの？　絶対読まなさそうなジャンルなのに。

教養のためとか言ってあの小説を読んで、はらはら・ドキドキ・切ない胸キュンを彼も味わったの？

すごく冷めた顔で淡々と読んでいる姿しか浮かばないのだけれど。

驚いて固まっている私を、面白そうな顔で見下ろすジーク。

「選《え》り好《ごの》みせず、なんでも経験しておくものだね。君のお気に入りのニコル・マッカートの小説の台詞《せりふ》だね？　私に面倒な絡みをして、この場を切り抜けようとでも思ったのかな？」

その場しのぎの作戦は空振りに終わった。完璧にこちらの魂胆《こんたん》が見透かされていたわ。

「まさかジーク様がご覧になっていたとは思いませんでしたわ」

「こんな本読んだってしょうがないと思っていたけれど、こんな風に役立つ時が来るとはね。三年前は貸してくれて、どうもありがとう」

まさかのレーナがジークに貸出。人を選んで貸そうよ……絶対、恋愛小説を好んで読むタイプじゃないよ。

「てっきり誰かに読ませて、適当に要点だけ報告させていたのかと」

ジークならそうしそうなものなのに、ご本人がしっかり読むとは思わなかった。

そのくらい、ロマンチックでゲロ甘のじれじれラブストーリーなのだ。

ゲームの世界に入り込んで知ったジークは、淡々としていて、効率重視で、私との結婚に愛はないけど、メリットがたくさんだから維持したいと考えているくらい冷めきっている人だもの。

それが、どんな気持ちであの作品を読んでいたのかと思うと……プフッーと噴き出しそうになる。

めちゃくちゃ面白いわ、これは……

「せっかくレーナが勧めたのだから、読めと執事が煩《うるさ》かったんだ。巷《ちまた》で話題の、なかなか手に入らない本と聞いてね。使用人は私が読み終わるのを、今か今かと待っていたし。おかげさまで興味もないのに、すべてに早急に目を通すことになったよ」

三年前のことを思い出しているようだ。口ではお礼を言っているけど、嫌味が満載である。

「それほどまでに皆で楽しんでいただけたとは、思ってもみませんでしたわ」

「私も押しつけられた小説で、あんな目に遭うとは思わなかったよ」

あまりにも嫌な思い出なのか、ジークは表情が取り繕《つくろ》えなくなっている。うんざりとした顔を隠さず、ため息を吐いた。

ゲームではいつも涼しげに笑っていたが、こちらの世界に来てからは、わりとジークのいろんな表情を見ることができている気がする。

なんでもそつなくこなす彼だけど、結構うんざりすることだらけなのかしら。

「あの……今更ですけど感想は？」

「それは、本音で？」

「では、本音のほうで……」

「あんな男はこの世にはいない」

本音すぎる！　すべての恋愛小説のヒーローを全否定するほどの本音である。

「なんてことをっ！　優しくて格好よくて、ヒロインを一途に愛してくれる方はどこかに一人くらいはいます。ジーク様、容、姿、だ、け、は整っていらっしゃるのですから、あの小説を手本にして、全女性の夢と希望を守るためにキャラを考えるべきです。無駄遣いですよ、その顔面」

素晴らしい小説ゆえに、ついつい熱弁してしまう。

「レーナは面白いことを言うね」

ジークは柔らかな口調だけれど、目が笑ってない。絶対面白いと思ってない。

「じょ、冗談ですわ。たとえ婚約者の顔すら覚えず、本人だと知らないとはいえ失礼な発言をしたとしても、その顔のおかげでぎりっぎり、チャラくらいにはなっております。セーフです、セーフ」

「それはフォローのつもり？　それとも私に喧嘩《けんか》を売っているのかい？　なんなら、その喧嘩《けんか》を買おうか？」

ジークは怒れば怒るほど、にこやかな笑顔になる。それが逆に怖い。

婚約者に薄暗い部屋で押し倒されて、普通はムードたっぷりなはずなのに、どういうわけかそんな空気には一ミリもならない。

その時、唐突にドアがノックされた。

あっ、この体勢ヤバくない？

ジークも同じことを思ったのだろう、急いで私から身を離そうとしたが……遅かった。

「――ジーク様」

ドアを開けたのは、一番見られたらまずいクリスティーであった。

「お嬢さまの上から即刻退きなさい」

私の上に覆い被さるジークに向けられたクリスティーの声は、大きくはないものの凄味《すごみ》があった。

ジークは素早く私の上から退いた。

さて、どうしよう。どう言い訳したものか、頭の中でぐるぐると考える。

黙りこくる二人の前をクリスティーはつかつかと横切り、カーテンを勢いよく開けた。薄暗かった室内に光が差し込む。

「一体、お二人でなにをしておいでですか？」

完全に思春期のカップルが、言い逃れできないことをしていたところを、お母さんに見つかった状態である。

ジークはクリスティーの迫力に呑まれたのか、姿勢を正してベッドの上に正座している。

でも、誤解しないでほしい。ぱっと見問題のある体勢だったけれど、私達がしていたのは、途中から恋愛小説についての対談だったのだから。

「……クリスティー、あ、あのね、これはその」

「お嬢さまには伺っておりません。……ジーク様。お二人の仲については、学園にいるメイドからこちらにも報告が上がっております。いったいなにをされていたのでしょうか？」

私からの弁明より、ジークの尋問のほうが先らしい。

この状況でなんと弁解を……

ちらりとジークを見ると、口元に片手を当て、視線を下に神妙な面持ちをしていた。これは考察する時の彼の癖《くせ》である。

この場をどう切り抜けるか、ジークは今必死に考えているのだろう。

クリスティーの口ぶりだと、私とうまくいかなくなったから、焦ったジークがやらかしかけたかのように聞こえる。

「クリスティー、重大な誤解をしているわ。私はジーク様のお身体を心配して、害のある魔力を吸おうとしただけなのよ」

一発アウトの体勢だったけれども、思いっきりすっとぼけてみることにした。

「ではお嬢さま、なぜジーク様から魔力を吸おうとしてあのような体勢に？」

しかし、それで納得してくれるクリスティーではない。なおも鋭い目つきで追撃する。

「それは、ジーク様が眠られていたので、起こさないように魔力を吸い、目を覚まされる前に部屋を去るつもりだったのですが……なぜかこうなりました」

ダメだ、無理。私にうまい言い訳ができるわけがないのよ。でも、一応嘘は吐いてない。

ジーク、後は頼んだわよ。

そう心の中で応援しつつ、ちらりとジークに視線をやる。

「眠っているところに突然触れられて、驚いて咄嗟《とっさ》に組み敷いてしまっただけだ。誓ってやましい気持ちがあったわけではない」

それらしい感じで纏《まと》めてきたわね。

「クリスティー。私はジーク様の前に、シオンの魔力も吸ったわ。だから、シオンにも聞いてもらえれば誤解も解けると思うの」

絶対シオンは怒るけれど、ここはあえて巻き込んだ。

結局クリスティーがシオンにやんわりと話を聞き、誤解は解けたようだった。

あー、冷や汗かいたわ。


それからさらに三日後。一気に大量の魔力を吸ったリオンは、本調子ではないようで、未だ姿を見せなかった。

その間に、王都から魔法省・魔力専門課の職員が、魔力を詳細に調べることができる『魔力測定器』とともにやってきた。

久々に見たリオンは、かなりやつれていた。私に気づくと彼は軽く会釈《えしゃく》をする。

魔力測定器は水晶玉のような形状をしており、それに手を当てて魔力の属性と量を測るという、実にシンプルな測定方法だった。

私は前日から魔力を使わないようにと職員に見張られた。

測定を受ける前に、魔道具を装備していないかチェックを受け、専用のローブに着替えさせられる。

測定結果を公《おおやけ》にすることはあまりないらしく、職員の大半は私の結果を見ることなく部屋を後にした。

ドキドキしながら水晶玉に触れてみる。どのような結果が出るのか、ワクワクしてしまう。

だけど……特別変わったことはなにも起きなかった。

誰もなにも言わないし、流石《さすが》にこれはおかしいぞと思い、私から聞いてみることにする。

「いかがでした？」

そわそわしつつ隣に立つシオンに尋ねる。シオンは愕然《がくぜん》とした様子で、測定器を見つめて言った。

「なにこれ酷い」

「酷いってどういう……」

人の測定結果に対して酷いってどういうことよ？

「測定器から手を放してみてよ」

シオンに促され手を放した私の代わりに、シオンが水晶玉に触れる。

なんということでしょう。透明だった水晶玉が、あっという間に真っ白に染まったではありませんか。

「……えっ？」

私の時と全然違う。なにこれ？

おかしいと思った私は、傍に立っていたジークの手をむんずと掴み、シオンの手を退かして測定器に触れさせる。

今度は水晶玉の色が濃い紫に変わった。

「「おぉ～」」

あっという間に色が変わり、思わずあげてしまった声がシオンと被る。

ジークの手を退かし、再度水晶玉に私の手を置いてみる。

すると水晶玉は元の透明に戻り……あっ、言われてみれば、ほんのり緑色が混じっているような、そうでもないような……

「魔力量だけではなく、属性も調べられるみたいだけど、魔力量が低いと属性を表す色もまったくつかないいんだね～」

シオンが、認めたくなかった事実をはっきりと言ってしまう。

そんな馬鹿な、やっぱり故障しているのよ！

今度はリオンの手を掴み水晶玉に触れさせる。水晶玉はたちまち真っ白になった。

むっ、リオンはシオンと同じ色……ということは聖魔法の使い手？

やっぱり納得できなくて、もう一度、水晶玉に触れようとしたところ……

「レーナ様の結果が何度も表示されるだけなので、もうやらないでください」

魔力専門課の職員に怒られた。

私のショボすぎる魔力量を目の当たりにしたリオンは、完全に燃えカス状態で「信じられない」ばかりを呟いている。

しばらくして、測定結果が記《しる》された紙を渡された。

無駄にシオン、ジーク、リオンも触ったものだから、彼らにも結果が渡される。

自分の結果がいまいちということは結果を見る前からわかっているけど、とりあえず目を通した。

あれ、一つだけものすごく数値が高い項目がある。でも、なんて書いてあるかわからない。

というのも、測定結果は古代語で書かれているのだ。

ジークとシオンの結果も気になって、見せ合いっこしてみるものの、彼らもよくわからないようである。

首を捻《ひね》る私達を見兼ねて、魔力専門課の職員が説明してくれた。

「結果ですが、レーナ様の魔力は学園の入学水準ギリギリですね。魔力量だけ測定するならば、これほどの高性能の水晶玉を使う必要はなかったかもしれませんね」

「信じられない……」

ハッキリと告げられた結果を耳にして、リオンが呆然と立ち尽くす。

「だから言ったじゃん」

シオンはそんなリオンを鼻で笑い、ばっさりと言った。

「では、なぜ魔剣が……」

「それはおそらく、レーナ様の魔防能力がとびぬけて高いのが関係していると思われます。アーヴァイン家の始祖、ユリウス・アーヴァインには、魔法による妨害ができなかったということが歴史書に記《しる》されております。子孫である彼女に、その特色が出てもおかしくはありません。現に、測定結果の魔防だけ見れば、誰よりも高い数値を叩き出しています。いくら悪意のある魔力を送っても、殺すことはできないでしょう」

リオンの疑問にそう職員が答える。

「また、魔剣の所有者であることも間違いないようですね。魔剣を体内に収めた人特有の反応も、測定結果に表れておりますので」

あくまでここからは推測ですが、と前置きして、職員が次のように話した。

先日のグスタフとの戦闘時、胸に刺さったのが未完成の魔剣だったならば、おそらく私は致命傷を負って死んでいた。

しかし、ジークの大量の魔力を吸い取り、剣は私に刺さる前にタイミングよく魔剣として完成した。

魔剣で刺された際に、攻撃されたと判断した私の身体は、魔防反応が作用して、魔剣を体内に収納したのではないか……とのことだった。

肝心の取り出せるのか否かに関しては、残念ながら私の魔力量では不可能と断言されてしまった。

魔剣は私の中に間違いなくある。しかし、取り出せない。

「レーナ様は魔剣の主《あるじ》で間違いはありませんが、現在の魔力量では魔剣を取り出すことは不可能……。学園卒業後も取り出せる見込みはかなり――いえ、期待を持たせてはいけませんね。不可能だと思われます。主《あるじ》の身体から魔剣を他者が取り出すことができないのは、リオン様が一番ご存知でしょう。この魔剣は誠に残念でございますが、死蔵、ということになるでしょうね」

結果を改めて告げられたリオンは、顔を青くさせて地面にへたり込んでしまった。その様子を見て、魔法省の人間はリオンを残し、そそくさと退出する。

「書類が」とか、「申請が」とか、「報告が」とか言っていたけれど、要はリオンに巻き込まれるのはごめん、と逃げたのである。

リオンの失脚は免《まぬか》れないだろう。

ダンスの練習の際に、実家は貧しかったと言っていたから、エリートでボンボンの多い魔法省の中では、叩き上げっぽかったのに……。可哀想と言えば可哀想だが、こちらの話を無視してやらかしたのはリオンだ。当然の報《むく》いである。

少なくとも、父からは魔法省に正式な苦情が入るだろう。もし、その責任をリオン一人が取るとなれば……不憫《ふびん》だ。

「顔色が悪いわ、大丈夫？」

私はリオンの顔を覗き込み、肩にそっと手を添えた。

「あー、自業自得だよ。魔剣がレーナ様に取り込まれた経緯は、しつこく聴取されるだろうけれど、出せないとなったら話は別だろうし。僕達はせいぜい黙っていたことを問われるくらいかな。でも、まぁ……」

シオンは意地の悪い笑みを浮かべ、リオンに語りかけるように続けた。

「レーナ様はまだ十三歳の子供。それに、グスタフに切りつけられただけじゃなく、婚約者が自分を庇《かば》って瀕死の状態になったのを目の当たりにしたんだもん。あるかもしれないよね。心を守るために、記憶の一部が消えちゃうってことがさ～」

チクチクどころか、ザックザクとリオンをナイフみたいな言葉で切りつけている。

「公爵様さ～、超怒ってたじゃん。アンタって言い訳聞いてもらえるレベルの家の出なの？　魔剣持ちだから、その若さでのし上がれたんだろうけど。可哀想～」

「シオン、それくらいで……」

流石《さすが》に言いすぎだと思ったのか、ジークが止めに入る。

「ジーク様は甘いよ、レーナ様が死んでたかもしれないんだよ。それにジーク様もこいつのせいで酷い目に遭ったんだから、クラエス家からも苦情が来て大変なことになるよ？　というか、すでになってるのかな？　かな？　よかったね、魔剣持ちで。殺されはしないよ、魔剣は惜しいからね。ヘタにレーナ様と血の盟約結んじゃったから、逃げることも叶わないね」

リオンの心のＨＰが、ゼロを通り越してマイナスになっているのがわかる。

「シオン……本当にその辺に」

「意外と甘ちゃんだよね、レーナ様も。珍しく僕、こーーんなに怒ってるのに」

怒っているだけじゃないでしょ、面白がっているところもあるでしょう……このサディストが。

放っておくと、リオンが首でも吊りかねない感じだ。

「リオン、立ちなさい」

私がそう言うと、リオンは私の命令に従ってよろよろと立ち上がった。

「レーナ様、この度は本当に、貴方になんてことを……」

死にそうな顔で話し始めたリオンに、なおもシオンが残虐《ざんぎゃく》な攻撃をかます。

「そうそう、今を逃すとレーナ様に直接の謝罪と、公爵様に取りなしてもらうお願いの機会なんてないもんね。いっそ靴でも舐めるといいと思うよ。レーナ様、そういうの好きだし」

「さらっと人に変なイメージつけないでちょうだい」

ジークが死んだような目で私を見つめる。

シオンのやつ、さりげに私のイメージを壊しにどころか、殺しにきやがった。

「やだなぁ、恥ずかしがらないでレーナ様。ジーク様にも、結婚するなら知っておいてもらったほうがいいじゃないですか。ね？」

こういう時に限って、天使みたいな顔でこちらに微笑むな。

「もう、これ以上話をややこしくしないで！」

ジークはおそらく信じてはいない。信じてはいないと思うのだけど……目を合わせようとすると、さりげなく逸らされる気が……

この野郎、後で見ていろよ……と思ったその時、そっと足首になにかが触れた。

驚いて下を見ると、それはリオンの手であった。

大きな身体を丸くさせ、私の前に跪《ひざまず》いて、本当に靴を舐めようとしているではありませんか。

「えっ、やっ、ちょっ」

私の婚約者の前でやっても平気なことか、実行に移す前に考えなさいよ。

私が築こうとしている、クリーンでさわやかなイメージが台無しになる。

それよりシオンに見られたら最後。格好のいじられるネタになるじゃないの！

添えられた手から逃れようと足を動かすと、意図せずリオンの顔を蹴り上げてしまった。

「……くっ」

「あっ、ごめんなさい。顔を蹴るつもりはなかったのよ」

急いで屈《かが》み、リオンの頬に手を添える。足の当たった場所が少し赤くなっていた。

リオンもそれなりの美貌の持ち主である。しばらくの間、私の日々の心の潤いとなっていたのは、間違いなくこの顔であった。

まだ体調が万全でないだろうし、今後待ち受ける処分に絶望し、目が血走りげっそりとしているのはわかる。

でも、私に蹴られた頬を上気させ、微笑んでいるのは……なぜ。

「なんで笑っているの？」

この場に似つかわしくない表情に寒気を覚え、思わず聞いてしまった。

「え？」

リオンが私の質問に対して不思議そうに首を傾げる。

できれば気のせい、そんなはずはないと思いたい。

とりあえず、早めに確かめておいたほうがいい。

もし、彼が今回酷く打ちのめされたことで、開いてはいけない新しい扉を開いたとしたら……

「リオン、目を瞑《つむ》って歯を食いしばりなさい。これでチャラにしましょう」

「甘いよ。レーナ様と違って、魔法省の職員なんて殴られ慣れてるからね」

シオンは面白くなさそうに、横でぶつぶつと文句を言う。

リオンが目を閉じ、ぎゅっと歯を食いしばったのを確認して、彼の頬を平手で叩いた。

静かな部屋にパンッと乾いた音が響く。

非力な小娘である私からの一発など、彼は避けようと思えば避けられるだろうし、防御しようと思えばいくらでもできる。

それにもかかわらず、彼は自分の意思で、自分よりもはるかに弱い私からの平手を甘んじて受け入れたのだ。

叩かれた後、リオンはゆっくりと瞼《まぶた》を開け、深緑色の瞳でこちらを見つめた。

恍惚《こうこつ》とした表情を浮かべる彼の目には、仄暗《ほのぐら》い悦びのようなものがはっきりと……

不意にゾクリと悪寒《おかん》が走り、思わずリオンの頬をバシィッと強めにもう一度叩いてしまう。

「えっ？」

なぜ二発目をと言わんばかりに、ジークが目を瞠《みは》り声をあげた。

「リオンは魔法省にいなさい。立場は悪くなるかもしれませんが、そうしなさい。私もできるだけ父に口添えします。だから絶対、魔法省にいなさい！」

「はい……」

リオンは、打たれた頬を擦《さす》りながら素直に頷いた。彼の息が荒いのは、この際無視する。

おそらく、自分でも新たな扉を開けたことにまだ気づいてない。

私の周りにM男はいらない。今後、なるべく接触しないようにしよう。

シオンはもちろん、ジークまであまりに罰が軽すぎるのではと不満を零すが、それどころではない。

リオンには居心地が悪かろうが、降格しようが、魔法省に留まってもらわなければ。下手に魔法省を辞めさせた後、罪を償うべく付き纏《まと》われでもしたら最後。いつ己の被虐嗜好《しこう》を自覚するかわからない。

瞳に宿っていた仄暗《ほのぐら》い悦びを思い出し、ブルッと身震いしてしまう。

あいにく、私にそんな性癖はない。

強かろうがなんだろうが、私のパーティーに変態はいらないんだから。

そのため、それはもう必死にリオンの便宜《べんぎ》を図る羽目になってしまった。

当然父は納得できないようだったが、とにもかくにも、リオンは魔法省に残ることになったのだった。

◆　◇　◆

魔法省から解放され、久々に自分の部屋に戻ってみると、可愛らしくラッピングされた箱がいくつも置いてあった。

なにかしらこれ。運の悪い私にご褒美《ほうび》とか？

添えられたカードを見てみると……

『お誕生日おめでとうございます。ジーク様と過ごすお誕生日はいかがでしたか？　また後日、詳しく教えてくださいませ。レーナ様の髪色に合わせて二人で選びました。誕生日パーティーはまた仕切り直しましょう。どうか気にされませんよう。アンナ、ミリー』

え？　誕生日って……私の？　嘘でしょぉぉぉぉ!!

レーナの誕生日とか流石《さすが》に覚えてなかったよ。

箱から出てきたカチューシャを握りしめたまま、思わず心の中で絶叫してしまった。

隣の箱はフォルトからだった。

カードには、アンバー領にジークが来るとは考えてなかったこと、それなのに食事会の約束をしてしまい申し訳ない、といったことが書かれている。

包みを開けると、ニコル・マッカートの新作が入っていた。

流石《さすが》、はとこ兼友人フォルト。私の趣味をよくわかっているじゃない！　これは後で読むことにしよう。次の舞台は学園都市か～楽しみだわ。

シオンは急患の治療のためお祝いには行けないから、プレゼントだけ送るとメモに書かれていた。

フォルトに誘われていた食事会って……もしかしたらレーナの誕生日サプライズパーティーだったのではと、ハッとする。

あの日、二人で楽しそうに買い物をしていたアンナとミリーは、私の誕生日プレゼントを探していたんだ。仲間外れじゃなくてよかった。

シオンの箱は両手で持てるサイズで、ずしりと重い。

「重い……なんだろう？　スイカ……とか？」

箱を開けてみると、中から出てきたのはスイカではなく、瓶に入った白い砂だった。

私の部屋からちょっと行けば、プライベートビーチに死ぬほどあるやつ。

それにしても、この瓶、見覚えがある。たしか、銅貨五枚で購入できる、アンバー領で人気のお土産《みやげ》。

瓶を買ってアンバー領のビーチの砂を入れて、旅の思い出にするとかいうやつじゃない。ここの出身者に贈るプレゼントじゃないだろ、コレ。

まぁ、こういうのは気持ち……気持ちと暗示をかけて、箱の中を再度覗き込む。

あら、カードが入っているじゃない。シオンも案外かわいいところが、なになに――『請求書』。

私は目を疑った。

何度見ても請求書と書かれているではありませんか。

『魔力回復薬代・銀貨三枚、お支度代・銀貨一枚、治療費・銀貨五枚、契約後かかった生活費・銀貨二十枚、瓶五本・銅貨二十五枚。計、銀貨二十九枚、銅貨二十五枚。

お誕生日おめでとうございます。まだお金をいただいておりませんので、なるべく早くお支払いください。シオン』

とんでもないプレゼントだ。生活は保障すると言ったから、生活費は仕方ない。

でも、私への誕生日プレゼントの瓶の代金まで請求されているじゃありませんか。もらった瓶は一個。残りの四個はどこにいったの。

すっかり忘れて払ってなかった薬品代や、以前ちらっと言っていた身支度代。

治療費は、グスタフにやられたジークの怪我を治してもらったやつ？　かな？

アレ、雰囲気的にお金取ると思わなかったよ。というか、治してと頼んだけれどジークの治療費も私払いなの？

突っ込むところだらけだし。

その他、レーナの父や母はもちろんのこと、アンバー領の友人や親戚、贔屓《ひいき》にしている外商からもいろいろ届いていて、開けるのにちょっとわくわくしてしまう。

シレッとジークからも届いていた。

ジークのカードには、『誕生日おめでとう。君の生まれた日がとてもいい一日になりますように』って、思いっきり定型文が書かれていた。

というか、魔法省に拘束されていたし、いい一日だったかどうかは一緒にいたから知っているだろう。

これ、本人からではなく、誰か担当者がいて贈り物なんかは一任しているのだろうな。中身はなんだろうと開けると、銀細工の美しい栞《しおり》が入っていた。

プレゼントを開封していた時、部屋のドアがノックされた。誰かと不思議に思っていると、やってきたのはジークだった。

にこやかな笑みを浮かべている彼は、プレゼントの山を見て一瞬固まった。

……私にはわかる。ジーク、私の誕生日をスッカリ忘れていたわね。

プレゼントの山を見て、ようやく思い出したのだろう。でなければ、魔法省に拘束されているとはいえ、おめでとうと言うタイミングなんていくらでもあったんだから。

「遅くなったけれど、誕生日おめでとうレーナ。事件のせいで時間が取れなかったから、今日は街にでも行こうか」

さも、魔法省にいる間はできなかったからという雰囲気で切り出された。そうきたか。

まぁ、バカンスを満喫できてないから、それもいいかもしれない。

とりあえず、二人でゆったりと浜辺を歩いてみた。景色も素敵で、やっていることはロマンチックだけど……

ジークが歩けば皆振り返るし、彼は何者なのかと遠巻きにざわつくから落ち着かない。

そわそわしつつカフェに入ると、当然のように見晴らしのいいテラス席を勧められた。

ジークを人々の目のつくところに置いといたらまずいと判断した私は、『暑いから中の席に』と言ったのだけれど、彼が魔法で周辺の温度を下げてくれてしまった。

席が店の入り口付近にあるため、ジークを見た客が次々と入店し、店の前を無駄にうろつく人までいるありさまだ。

「ジーク様のことを舐めておりました」

ジークを筆頭に、レーナの近くにいる男性の容姿はあまりに突出しすぎている。

私の普通の基準がおかしくなっているのだ。整った顔だとは思っていたものの、この顔に慣れてきている自分が怖い。

「あぁ、氷魔法はなかなか便利だろう。応用が利くから、私もかなり重宝している」

魔法のことじゃない。

気がつかないの？　さっきから、隣の席の女の子はチラチラ見ているし、女性の店員は頻繁に水を注ぎに来ているのに……いや、これが彼の普通なのだろう。

「ところでジーク様。学園へはそろそろ戻らなくても平気なのですか？」

魔法省で拘束されたこともあって、かなりの時間こちらに滞在しているが、大丈夫なのだろうか。少なくとも、ヒロインの恋愛事情的に大打撃だと思うのだけれど……

「……戻りたくないと言ったら、君は私を引き留めてくれる？　なんて、冗談だよ。頬に食べ物をつけていては笑われてしまうよ」

少しの間を置いて、ジークは悲しげに小さく言う。しかし、すぐにいつもの愛想笑いに戻ると、私の頬を優しく拭いてくれた。

ジークは、次の日も私を外へと誘った。

あれこれ見て回るのはいいのだが、家についてくる輩《やから》が現れる可能性があるため、ほどほどにしてください、と護衛にやんわりと言われる始末……

どうしたもんかと悩んでいた頃、朝早く私の家にジークの従者が迎えに来た。どうやら実家に呼び出されたらしく、ジークはあっさりと帰っていった。

そして、ようやく平穏な日々が戻ってきたのだった。

三　いなくなってから気づくこと

翌日。ジークがやっと帰ったから、これからが私のバカンスよ！

これまでの時間を取り返すかのように、アンナとミリーと遊ぼうと思ったのだけれど……

「なにか面白いことないかしら」

本当は三人でショッピングに行きたかったのに、いくら護衛がついているとはいえ、女の子だけでは危険だと外出はお預けにされてしまった。

せっかくジークがいなくなって、透き通った海、青い空、白い砂浜のリゾート地にいるにもかかわらず家で遊ぶだなんて……

「そういえば、最近アンバーに恋愛小説から出てきたような方が出没するそうです！　私はまだ見たことはないのですが、街で噂になっていますよ」

私の部屋に集まって三人で話していると、アンナが心当たりのある噂をぶっ込んできた。

「私も聞きましたわ。私がよく布を買う外商も見たそうです。確か銀色の髪に、吸い込まれるくらい美しい碧色の瞳で、物腰が柔らかい方だとか」

――はい、その噂の正体わかりました。

「そうですか……それはノリノリでアンバーを観光していたジーク様だと思います。最後のほうは、安全が保証できないと護衛がぼやいておりました」

「「なるほど」」

私がため息交じりに言うと、二人はあっさりと納得した。

「あっ、ではレーナ様、この話はいかがでしょうか。近頃話題の幽霊騒ぎの話です」

ミリーはそう言うと、にやりと笑った。

「あら、夏らしい」

怖さもあるけど、ついつい興味が勝《まさ》ってしまう。

「外商から聞いたのですが……」

ミリーが切り出してきたのは、王都とアンバー領を繋ぐ街道沿いで、誰かを探す男の話だった。

白髪に小太りの男は、何日も入浴していないのか、身体中汗と埃《ほこり》まみれ。金色の瞳をぎらつかせる男は、大事な人を探していると言い、夜な夜な馬車を止めさせる。

止めさせるのは、決まって身分の高い者が乗るような立派な馬車だけ。男のただならぬ様子に、御者《ぎょしゃ》も従うしかない。

「もう十分でしょう？　行ってもよろしくて？」

馬車の窓を開け、中に顔を突っ込む男に、乗っていた令嬢が声を震わせながら言う。男は令嬢と目が合うと、ニタリと口の端を上げ、気味悪く顔を歪《ゆが》ませる。

「やっと見つけました。私が探していたのは……お前だーーーーー！」

「「きゃぁぁぁあああ‼」」

ミリーの迫真の演技もあって、私は隣にいたアンナと抱き合って叫んでしまった。

ミリーは大成功と得意げに、アンナはしてやられたと笑う。私も「やられたー」と言いながらも内心真っ青だった。

「ミリーやりすぎよ」

「すみません……つい調子に乗ってしまいましたわ」

私の様子を見て、アンナがミリーを窘《たしな》める。

「いえ、夏だもの。これくらい怖いほうがいいわ。ミリーの意外な才能ね」

私はそう言って、アンナとミリーに笑みを向けた。


午後になり、アンナとミリーを見送った私は、急いで自分の部屋に戻った。

さっきミリーが話してくれた幽霊騒ぎの話が、妙に脳裏《のうり》にこびりついていた。

小太りで、白髪、金色の瞳の男。偶然だとは思うが、グスタフの特徴と一致する。

なにより、その男が見つけたと言った相手は、令嬢だった。

自身の中に魔剣があるからこそ、気になってしまう。

ふと、グスタフが連行されてからどうなったのか気になった。アンバーに来てからあまり意識しないようにはしていたが、彼はきちんと牢《ろう》に繋がれたままだろうか？

幽霊騒ぎの話はあくまで噂程度。考えすぎだと思うものの……もし、万が一、グスタフが牢《ろう》から逃げ出し、私を探していたら？

不安に駆られ、小さく震える私を見て、クリスティーが心配した様子で水を入れてくれた。

とりあえず父と母に先ほどの噂話を伝えようと思ったのだけど、なんと王都に向けて出発してしまったという。

どういうことかとクリスティーに尋ねると、アンバーからクライストを経由して、王都へと繋がる街道で、大規模な土砂崩れが発生したらしい。迂回《うかい》しなければ来週のパーティーに間に合わないから、早々に出たのだとか。

私がアンナとミリーと盛り上がっていたため、邪魔しては悪いと思った両親から、後で伝えてくれと言付かったという。

フォルトの父と母も同じパーティーに招待されていたはずだから、彼らもすでに出発した可能性が高い。

そもそも、雨期でもないこの時期に土砂崩れが起きるというのがなんとも怪しい。

最近は、雨がぱらぱら降る日が数日あったくらいで、土砂降りの日などなかった。

それなのに、街道で土砂崩れなど発生するの……？

誰かが意図的に嘘を流しているとしたら？　もし、グスタフや、彼の仲間がそれに関わっているとしたら……

幽霊の噂のせいで、普通ならばスルーするようなことにも違和感を覚えてしまう。

私は学園都市で購入したありったけの装飾品をゴテゴテと身に着けて、リオンを呼ぶようにクリスティーに命じた。

リオンと聞いて彼女は怪訝《けげん》な顔をする。リオンとのことは周知の事実となっており、皆彼を完全に目の敵《かたき》にしている。

けれど、リオンは魔法省に入れるぐらいだし、私の周りでは戦闘能力が高いほうなのは間違いない。

こんなことをアンナやミリーには相談できないし、かといって、仲良くなってきたフォルトやシオンを呼ぶのは憚《はばか》られたのだ。

リオンは、わりとすぐに私のもとにやってきた。

「お嬢さま」

クリスティーが私に声をかける。

「こちらに通してくださる」

先日の魔力測定の一件以来、初めて顔を合わせるリオンが、気まずそうな表情でおずおずと姿を現した。

以前はかなり気さくに訪問していたというのに。私達は、もうそういう間柄ではなくなってしまったのだ。

魔剣を持ち、お嬢さまに害をなした人物。護衛もどことなくピリピリしている。

彼が魔法省に残れるように必死にフォローしたけれど、やはり彼への風当りはかなり厳しくなっただろう。

挨拶もそこそこに、リオンにソファに座るように促した。

メイドがぬるい紅茶をリオンに差し出す。明らかに歓迎していないのが丸わかりだ。

「どのような経緯があったにせよ、私は彼を客人として呼んでおります。私の客人にこのようなお茶を出すのはお止めなさい」

私がきつめの口調で窘《たしな》めると、すぐに本来の温度の紅茶が用意される。

目で合図をした後、メイドはスッと下がった。

「先日は便宜《べんぎ》を……」

「今日はその話で呼んだのではないの。リオン、先日魔法省に捕まったグスタフ。彼はあれからどうなりました？」

リオンの社交辞令を聞く時間すらもどかしい。私は直球を投げつけた。

「グスタフですか？　今は王都で尋問中のはずですが」

「それをすぐに確かめることはできない？」

「早馬を出せばと言いたいところなのですが、街道で土砂崩れがあったそうで、迂回《うかい》の必要があります。どれだけ急いだとしても、往復で五日はかかるかと……」

リオンは困った顔になる。

ここでも土砂崩れの影響だ。

「魔道具とか、なにか連絡手段はないの？」

「高価なものでございますから、数に限りがありまして。数日前まではこちらにあったのですが……早急に戻すように連絡が入ったため、今こちらにはありません」

タイミングが悪すぎる。

私はリオンに、街で噂になっている幽霊の話をした。

「魔法省から脱走だなんてあり得ません……と言いたいところですが、念のため噂について調べてみましょう」

リオンは前回人の話を聞かなかったことを反省したのか、今度は調べてくれるらしい。

「ええ、お願いするわ」

「承知しました。……あの、レーナ様。このままでは私は帰れません」

リオンは頷くと席を立とうとしたが、もう一度腰を下ろし、眉を下げてこちらを見つめた。

そりゃそうだ、私がリオンの服をがっちり握りしめているのだから、帰れないのも当然だろう。

「そうですね」

「一体、他になにをお望みで……？」

リオンは訝しげな目線を寄越すが、それで怯《ひる》む私ではない。

「グスタフが逃げ出してないか心配なの。もし逃げ出していたら、狙いは魔剣を持っている私でしょう？　私、グスタフとサシでやり合ったら一瞬で死ぬ自信があるわ」

そう言って胸を張る私を前に、リオンはガクッと肩を下げた。

「……本当に戦闘能力がないのですね」

「ええ、最初からずっとそう言ってたじゃない」

私は腰に手を当て、得意げに笑ってみせた。

それから私とリオンは魔法省に場所を移し、シオンとフォルトを呼びつけた。

魔法省アンバー支部の一室で、ソファの真ん中にどっかりと座ったシオンが、めっちゃくちゃいい笑顔で口を開いた。

「なるほど、なるほど。レーナ様は戦えない。で、それは僕には関係ないよね？」

「まぁまぁ、そんなこと言わないで」

私は両手を揉みながら、へらへらと笑う。

「一度は迷惑かけないようにって思った訳だよね？」

「そうですとも。でも、結局私の中に魔剣が収まったことは機密になったので、グスタフは知らないのよ。だから、襲撃される可能性はシオンにもあるのっ」

「ふーん。あのさ、僕としてはお荷物がいないほうが、迎え撃つなり、逃げるなりしやすいんだけど」

シオンは興味なしといったように、目の前に置かれたクッキーをぽいっと口の中に放り込んだ。

「そ、それはそうだけど、それじゃ私だけが危ないじゃない！」

「大体グスタフが逃げたって決まったわけでもないのに、早計すぎるんじゃない？　それに、なにその金持ちを見せびらかすような、過度な装飾品の数々は……着けすぎてて趣味悪いよ」

鼻で笑いながら私の格好を指差すシオンに、流石《さすが》に切れた。

「事情があるから、こんなに着けているに決まっているでしょう！　一つ一つにそれぞれ効果があるのです。説明が必要でしたらしますけど？」

「二人とも落ち着け」

すると、フォルトが私とシオンの間に割り込んだ。

「身の安全を守るために僕を呼ぶのはわかるけど、なんでフォルト様まで？　完全にフォルト様も戦力に入れたよね？」

「いやいや、私の安全のためだけに呼んだのではございません。シオンはフォルトの家にお世話になっているでしょ。シオンを狙ったグスタフや彼の仲間が、フォルトと鉢合わせしたらまずいじゃない」

前にグスタフは、美しいジークを欲しいという人間はたくさんいると語っていた。フォルトも顔が整っているし、もし拉致《らち》されたら危ないかもしれない。

「はぁ、まぁ確かに、戦闘ってなったら、家よりかはここのほうがマシかもね。魔法省の職員もいるし」

シオンが納得してくれたようで、ほっと胸を撫で下ろす。

「二人の話は済んだか？」

フォルトは私達の話が終わるまで待っていたようだ。クッキーを口にしながら、首を傾げて尋ねてくる。

「ええ、大丈夫ですわ」

フォルトは、私がじゃらじゃらと着けている装飾品をチラリと見たけれど、指摘せず話し始めた。

「状況が呑み込めてない。まず、レーナ嬢の中にある魔剣ってどういうことだ？」

そういえば、フォルトは魔剣所持で拘束された際に、あの場にいなかった。

そこからか……

魔法省がグスタフを魔剣作製の容疑で捜《さが》していたこと。おそらくジークとの戦闘を通して魔剣が完成しただろうこと。

実は私に刺さっていたのが魔剣で、うっかり身体に取り込まれ、そのせいで魔剣所持の容疑で魔法省に拘束されたこと。

魔法省に捕らえられたグスタフは鞘《さや》しか持っておらず、魔法省の人が魔剣を探していたこと。

それらをすべて話し終えると、フォルトは持っていたクッキーをポロリと落とした。

「待ってくれ。ということは今回、シオンがアンバー領に呼び出されたのは……」

「グスタフの事件や教会について聞くことでもなく、養子の話を具体的に進めるでもなく。魔剣を所持してる可能性の高い僕を、フォルト様の家に住まわせることで監視しやすくするためでーしーたー！」

あっけらかんとシオンが言った。

フォルトの家にも、もちろんたくさんの使用人がいる。シオンが逃げ出さないか、監視する職員を紛《まぎ》れ込ませるのは容易《たやす》い。

「実は公爵様から養子の話もされてたんだけど、それも僕をここに引き留めるための口実に過ぎなかったみたい。まぁ、平民の僕が、お貴族様の養子になれるとは思っていなかったよ」

シオンは目を伏せ、自嘲気味に笑った。しかし、それも一瞬のことで、すぐにいつもの調子で私に詰め寄る。

「生徒に支給される国の補助金ってさ、途中申請ってできないんだよね。レーナ様が僕を教会から引き抜いたんだから、お金のこともちゃんと責任取ってよ！　養子の件はしょうがないとして、資金援助の話は、公爵様に頼んでよね」

「ごめんなさいね、バタバタとしていてつい」

「もう、ついじゃないよ……悲しいことに、うっかり抜けてるあんたが僕のご主人様なんだから」

シオンは教会の援助を受けて学園に入学した。

にもかかわらず、私がシオンを引き抜いたのだから、当然教会からの支援があるはずもない。

なにより、教会で一番力を持っていた勢力が今や壊滅状態。

そうなった理由は、教会が企《くわだ》てていた第二王子暗殺計画を見事潰し、教会の幹部を捕まえたためだけではない。

教会はなぜ治癒師を多く囲い込むことができていたのか……シオンを味方に引き込んだことで、謎に包まれていたやり口が、明らかになったことが大きかった。

シオンが教会に仕えていたのは、信仰心があったからではなく、自分が育った孤児院を守るためであった。

彼のようになにかしら弱みを握られ、教会で働く治癒師もいるのではないか？

その疑問が生じ、調べを進めると、やはり多くの治癒師が無理やり教会に使役されていることがわかった。そして、魔法省は教会から彼らを解放させたのだ。

「ねぇ、ほら相槌《あいづち》は？　僕の話ちゃんと聞いてた？　レーナ様がポンコツってことは知ってるけど、お金が必要になったら、なにがなんでも工面してもらわないと困るんだからね」

学園に留まるには金がいる。教会から引き抜いた手前、お金の話は父ともしっかり相談せねば。

悪いことをしちゃった。もっと私のほうから気にかけるようにしないと……

反省する私を前に、フォルトがシオンに声をかける。

「そういうことなら、俺のほうでもいくらか工面を」

「フォルト様はいいよ。ごめんね、平民の僕が長々と家にいてさ。気を使わせちゃったよね。それに、僕の主《あるじ》はレーナ様でフォルト様じゃないから。こういうの込みで僕を勧誘したはずだもん、ね？」

シオン、フォルトには口調こそ砕けているけれど礼儀正しいな。なぜ。

「お話はもうよろしいですか？」

そう言って、部屋の扉を開けたのはリオンだった。

「えぇ、フォルトにもなんとか説明できました。メイドも、私達が魔法省に厄介になることを納得してくれたわ」

「それにしても、本当にこの狭い部屋に四人で過ごされるのですか？」

リオンは私の豪華な部屋を見ているから、そう思うのは仕方ないだろう。それに、私もフォルトも超がつくほど高貴な身分なのだ。

「あぁ」

　フォルトはおずおずと不安げな顔で頷く。

「えぇ、かまわないわ。命大事に、ですから」

　狭いと言っても十畳はある。転生する前に住んでいたおんぼろアパートより、百倍マシだ。

「僕は狭いところも、人口密度が高いところも慣れてるから平気」

　孤児院出身のシオンは、流石《さすが》に慣れているようだ。

「ところでリオン、グスタフの件はなにかわかりました？」

「いえ、すみません。グスタフがどうなっているか確認するため、早馬を出したのですが、返事が来るのは早くても五日はかかるかと思われます」

「そう……」

　五日か……長いわ。

「それより、気になることがございまして。今回のこととは関係ないかもしれませんが……一応レーナ様のお耳に入れておこうかと」

「気になることですか？」

「えぇ、教会の人間についてですが……いないんです」

「いない？　誰が？」

　眉根を寄せて尋ねると、リオンは神妙な面持ちで続けた。

「グスタフ事件を契機に、多くの治癒師を教会から解放することに成功したのは、既にご存知かと思います。……ただ、治癒師以外の教会の信者まで、姿が見えなくなっていることがわかりました」

「それって大丈夫なことかしら？」

「姿が見えなくなったのは、大して魔力のない者ばかりなのですが……ただ短期間に一様に行方《ゆくえ》がわからなくなったのが気にかかって。魔力の高い者は、教会でこれ以上甘い汁を吸うのは難しいと悟って早々に抜けましたし。魔力の高い人物のその後は、魔法省で監視しております」

「つまり、魔力の高い人物がいなくなったわけではない？」

「ええ、その通りです。いなくなった人物の中に王立魔法学園の卒業生はほぼおりませんし、いても学園ではいわゆる落ちこぼれだった者。今回の大規模な土砂崩れを起こせるような人間は、一人もおりません」

要するに、行方《ゆくえ》不明の教会信者は土砂崩れに関与はしていないだろうということだ。

「ところでリオン、土砂崩れの範囲と地域はわかっているのか？」

不穏な空気を感じたのか、フォルトが話題を変えた。

「土砂崩れ全体の規模はわかりませんが、場所は特定されております。今、地図で説明いたしますね。——アンバー領とクライスト領の境にある、オルフェの森のちょうど真ん中。報告によるとこの辺りですね。そこの山肌が街道をふさぐように派手に崩れたそうです」

リオンはテーブルの上に地図を広げて、指を差しながら説明してくれる。

「あの、どうして土砂崩れを魔法で直さないのですか？」

この世界には魔法があるというのに、なぜ使わないの？

学園で火事が発生した際は、魔法を使って消火活動がされていた。土砂崩れも魔法でどうにかできないのだろうか。

「場合によるけど、自然のものを直すのってとても難しいんだよ。崩れた土砂を退けるにしても、その大量の土砂をどこに移動する？　って話になるでしょ。一緒に木も流れただろうから、そういうのもまた崩れないように、地層とかも考えて修復しないといけないの。また崩れました、人が巻き込まれました、ってならないためにね」

「なるほど……」

シオンの言葉を聞いて、私はコクコクと首を縦に振った。

「街道に沿った場所だから、今後より崩れにくい地層を考え、そのイメージを頭に叩き込んでから魔法で直すの。当然一人であれこれできないから、複数人で作業を分担してね。理解した？」

シオンは頬杖をついて小さく笑う。

へー、魔法でちゃちゃっと直せるのかと思ったけれど、そういうわけにもいかないのね。勉強になります、ってやつだわ。

「ほら、話が逸れちゃってるじゃん。こんな知識、土属性の基礎中の基礎だよ。自分の属性と関係がなくても覚えておいてよ……」

うんざりとした表情を浮かべるシオンは、わざとらしくため息を吐いた。

他属性の基礎とか覚えているわけないじゃない。

そりゃ先生はちらっとお話ししたかもしれないけれど、私の頭にはちっとも残っていない……あれ、だから私、成績悪いの？

「レーナ嬢が理解したようなので話を続けるが、街道は過去、崩れたことがあるのか？」

フォルトが話を元に戻し、リオンにそう質問した。

「それは質問されると思い、予《あらかじ》め調べておきました。今からちょうど十年前に小規模ですが崩れていますね。その時は魔法省・土木部から十名職員を派遣し、整備にあたったそうです。詳しい地層の状態やどのように直したかは、安全上の理由で土木部以外の職員は資料を閲覧《えつらん》できませんが……」

地層の状態などを公開してしまっては、逆に崩しやすい箇所もわかってしまう。そのため、たとえ同じ魔法省の職員とはいえ、見られなかったのかもしれない。

「……なぁ、本当に崩れているのか？」

すると、唐突にフォルトが真剣な顔で言った。その手にはクッキーがあるが。

「え？」

リオンはフォルトの言葉に驚いて、両眉を上げた。

「だから、本当に崩れているかリオンは確認したのか？　それとも魔法省の誰かが現地で確認したのか？　確認した人物は信用できるやつか？」

「い、いえ、私は直接確認してはおりません。報告は……確か、行商人からです」

リオンは、ペラペラと今回の土砂崩れに関する書類をめくる。そんな彼を見ながら、フォルトは手に持っていたクッキーを一口齧《かじ》った。

「一度崩れて修復した場所だろ、それもたった十年前。もともと地盤が緩い場所だったとは思うが、魔法省の職員が修復したんだ。それに、修復したならおそらく、その場所だけではなく、周辺も弄《いじ》ったはずだ」

「確かに。先ほどシオンが説明していたように、今後簡単に崩れないために時間をかけて調査し、直したはずよね」

フォルトの言う通りだ。

魔法省のエリートが十名も派遣され整備にあたった場所が、大雨の後ならともかく、比較的天候に恵まれている今崩れるのはおかしい。

「授業でしか聞いたことない俺が口を挟むのもなんだが……。複数人で広範囲に影響を与える『大魔法』は、たった十年でだめになるようなものなのか？」

フォルトの疑問に部屋が静まり返った。

この土砂崩れ騒ぎ……やはり誰かの思惑が絡んでいる？

そう私が思うくらいだ。他の二人も同じことを感じたようで、表情が一気に固くなる。

シオンがこちらを見る。まぁ、私が主《あるじ》ですし。

フォルトもこちらを見る……なんでよ？

リオンも私を見る……いや、彼の主《あるじ》も私だけれども、決定権、私にあるの？

「とにかく、土砂崩れの現場までどれくらいかかるのですか？」

「整備されている街道ですし、馬で二時間もあれば」

どうします？　と言わんばかりにリオンが私の様子を窺《うかが》う。

「じゃあ……確認しに行きましょう。なんだか気持ち悪いじゃない」

「……レーナ様はここに残ったほうがいいんじゃない？　行ってもなんにもできないでしょ」

シオンは私が現場に行くことに反対のようだ。

「私のここ最近のツイてなさ加減は折り紙つき……むしろ、皆がいない時に限って襲撃されるかもしれません。それに、アンバー領の公爵令嬢である私がいれば、普通は通らないことも通るんじゃないかしら」

シオンは不服そうだったけれど、私を残していくよりかは『マシ』と判断したようで、しぶしぶ私の同行を認めた。

その後、土砂崩れの視察を急ぐため、リオンが適当な理由を作り上げ、魔法省の職員を何人か同行させることに成功した。

真の理由はどうであれ、リオンを魔法省に残す選択をして本当によかった。リオンだけでなく、他の魔法省の職員まで来てくれるのは戦力的に心強い。

それぞれの能力はわからないが、魔法省に入れるってことは優秀な魔法使いのはず。

私も街道の調査に行くために、下ろしていた髪をアンナのように高い位置でくくった。

準備された馬に皆当たり前のように乗るのを見て、私はある重要なことに気がついた。

——私、馬になんて乗ったことない。

そもそも、馬自体ほとんど見たことがない。

「ところで、レーナ嬢は馬に一人で乗れるのか？」

一人地面に残り、呆然と皆を見上げている私に、フォルトが馬上から尋ねた。

「もちろん、乗れません。どなたか乗せてください……」

「えー、レーナ様を乗せると、その分馬が疲れやすくなるし。なにかあった時、レーナ様といると狙われそうだし。僕、嫌なんだけど」

嫌そーな顔でシオンがはっきりと断ってきた。

仮にも主《あるじ》である私に向かってそんな口を利けてしまうほど、彼との血の盟約の効果は薄い。

フォルトにも拒否されたらどうしようと怯《おび》えつつ、彼に救いを求める。

「……フォルト、お願いです」

「しょうがないな。ほら、俺の前に乗れ」

フォルトと友達になったおかげなのか、あっさりOKした彼は、少し耳を赤くしながら私に手を差し出した。

当然、鐙《あぶみ》に足を引っ掛けてヒョイッと乗れるはずもなく。結局踏み台を出してもらい、それを使って乗るという、なんとも情けない乗り方になってしまった。

馬って思っていたより、大きいんだもの。

リオンを先頭に、私達子供は真ん中、後方は魔法省の方々という感じで、土砂崩れのあった街道へと向かうことになった。

フォルトは基本紳士的で、人に気を使えるタイプだ。

私が馬から落ちないようにと、さりげなく支えてくれる。

後ろから耳元に、『気分が悪くなったら我慢せずに言えよ』と囁かれてドキッとした。

イケメンと一緒に乗馬とか、なんて素敵なイベント……と最初は思っていた。しかし、蓋を開けてみると、馬は結構揺れるし、なによりお尻が痛い！

レーナの相当大事にされてきた身体、特にお尻は、当然乗馬に耐性があるはずもなく、半端なく痛い。

ちょっとしか走ってないのに痛い。

しかし、私も女性。フォルトが『疲れてないか？』と聞いてくるのに対して、『お尻が尋常じゃないくらい痛みます』とは言えない。

「フォルトは乗馬に慣れているのね。知らなかったわ」

お尻の痛みをごまかすためにも、とにかく話をして気を紛《まぎ》らわせようという作戦だ。

私がこんなに『お尻が、お尻が』としか考えてないのに、フォルトはちっとも痛くなさそう。実に涼しい顔で後ろから手綱《たづな》を捌《さば》いている。

「ジークだって乗れるだろう。貴族の嗜《たしな》みというやつだな」

フォルトは少し得意げな表情になり、鼻先を指で擦《こす》った。

結局、お尻があまりにも痛すぎて、疲れたからと言って休憩を挟んでもらった。

しばらく休んだ後、馬上に座るように促されるが、お尻がジンジンして座れない。というか、できたらもう馬に乗りたくない。

フォルトはそんな私に気づく素振りも見せず、シオンとなにやら話し合っている。

街道まで半分くらいは進んでいるといいのだけれど。一体後どれくらい、この痛みに耐えればいいの……

冷や汗をかきつつそんなことを考えていると、突然ポンッと尻を叩かれた。驚いて思わず後ろを振り返る。

「銅貨五枚でいいよ」

そう一言口にして、隣をシオンが歩いていった。

どうやら治癒してくれたらしく、お尻の痛みが消えた。魔法ってすごい。

そして、再びフォルトと乗馬の時間となる。

途中ふと訪れる沈黙が気まずくて、気を使って話しかけてみたりした。だが、友達になったとはいえ、これまで仲良くなかったからなかなか話が続かない。

「ねぇ、もし土砂が崩れてなかったらなにが考えられる？」

「そこに隠したいなにかがあるんじゃないか？　いずれにしろ、通したくない理由があるんだと思う」

苦し紛《まぎ》れの質問に、フォルトが真剣な顔で答えてくれた。

フォルトはレーナと同じ学年のはずなのに、いちいち着眼点が子供らしくない。

「フォルトはすごいわね」

素直に思ったことを口にすると、フォルトが気まずそうにその理由を答えてくれた。

「あまり気を悪くしないでほしいのだが、レーナ嬢とジークの婚約が決まった段階で、次期公爵の可能性のある奴は、領主教育を受けたんだ。土砂崩れに違和感を抱いたのはその教育のおかげ。まぁ、そのせいで、のほほんとしているレーナ嬢が嫌ぃ……あーっと昔の話だ昔の」

ごまかそうとしているようだけれど、ハッキリと『嫌い』と言われた。普通に傷つくわ。

フォルトは咄嗟《とっさ》のフォローがものすごく下手糞である。

彼がごまかそうとすればするほど、私の気持ちがズーンと落ち、会話を聞いていただろうシオンの笑顔が爽やかになっていく。

それからしばらく走ると、ようやく街道近くの街が見えてきた。しかし、街の前では荷車や馬車が渋滞していて、なにやら物々しい雰囲気だ。微かに生臭い。

「あれがオルフェの森の前にある街なのですが……なにか揉めているようですね。先に様子を見てきます。私が戻ってくるまで、ここで待っていてください」

リオンは振り向いてそう言うと、後方にいた職員に指示を出した。彼が一人先に馬で駆けていくのを見送った後、後方にいた職員が先頭にやってくる。

「なにがあったのかしら……」

「おそらく、あそこにいるのは海産物の卸売業者だろうな。アンバーで獲れた魚をクライストに運ぶ途中で、足止めされているのかもしれない。領同士を繋ぐ道はあえて少なくしてある。今から違う道でクライストに向かったんじゃ海産物は全滅する。誰かに怒鳴《どな》り散らしたくもなるだろう」

私の質問に、難しい顔をしたフォルトが答えた。

街の様子を見てそこまで考えつくとは、領主教育ってすごいかもしれない。

それにしてもリオン、遅い。様子を見に行ったきり、一向に帰ってこないじゃない。

「遅いな……」

ぽつりと魔法省の人も呟くほどだ。

「どうしましょう」

前に立つ職員に尋ねると、彼は首を横に振った。

「待機の指示を受けておりますから、動くわけにはいきません。リオン様もなかなか帰ってこないことから、なにか向こうで起こっているのでしょう」

でも、いつまでも立ち往生《おうじょう》しているわけにはいかない。

「フォルト」

言外に街に向かうことを滲《にじ》ませつつ、名前を呼び後ろを振り向く。私の意図を感じ取ったフォルトが、口を真一文字に結んで、軽く首を振る。

「行くわよ」

フォルトにぐいっと顔を近づけて強めに言うと、彼は大きなため息を一つ吐いた。それから手綱《たづな》を引いて馬を動かす。

「遠くから見るだけだからな」

人だかりに近づくと、そっと後方から様子を眺める。どうやら街道の前に立っている奴らが、荷車や行商人の通行を阻んでいるようだった。

リオンが通すように交渉しているみたいね。

「調査に来たのに入れないのはおかしい」

「何度も言っているが、土砂崩れの範囲が広くて二次災害の可能性もある。民の安全を守るためだ。公爵様の許可がないなら通すことはできない」

リオンがなにを言っても、道を封鎖している奴らは、父の許可がないなら通せないの一点張りみたいだ。先頭に立つ男が、両手を広げてリオンを睨みつけた。

父は王都で催されるパーティーに間に合わせるため、すでに家を空けてしまっている。許可を取れるのはいつになるやら。

でも、残念。こういう時のための私なのよ！

「フォルト、馬をもっと近づけて」

「これ以上は駄目だ。遠くから見るだけだと言っただろう」

あの男のところまで馬を出せと言うのを、フォルトは首を振って断る。

「私が馬を降りてあちらに行くのと、どちらがマシですか？」

後ろを向いてニッコリと微笑むと、フォルトはぐぬぬと唸《うな》った後、ガクッと肩を落とし諦めた様子で馬を前に出した。

立派な馬と私達の服装を見て、平民ではないと判断したようだ。こちらに気づいた人達がほんの少しだけ道を空けた。

これ以上は危ないとフォルトが馬を止めたところで、私は高らかに声をあげた。

「公爵の許可ならいただいております」

通れず立ち往生《おうじょう》している人々の視線が、一斉にこちらに向けられた。

なんか、両脇をイケメンで固めた、かの有名なご老公みたくなってきたわね。

「はぁ？　あんたなんだってんだ？」

街道を封鎖している男は、リオンから私に視線を移し、怪訝《けげん》そうな顔でそう言った。

あちゃーと言わんばかりに、フォルトが自分の額を押さえたけれど、気にせず私は言葉を続けた。

「ですから、公爵様の許可ならいただいております。それに、魔法省が崩れた範囲の確認に入ることのなにがおかしいのですか？　ここにいる皆も街道を通れず困っております。悠長《ゆうちょう》にしている暇などありません。海産物の輸送ができなければ、この者達はかなりの損害を被《こうむ》るのですから」

「公爵様は王都に向かわれた。嘘を言うんじゃない」

男が唾をまき散らしながら吠える。

しかしここはアンバー領。私の姿を見て、私が何者か気がついた人が声をあげた。

「金の御髪《おぐし》に緑の瞳。アーヴァイン家の一人娘、レーナ様じゃないか？　遠目だがお見かけしたことがある」

私の名があがると、途端に『そうだ間違いない』と辺りが騒がしくなる。

「道を空けなさい」

私がきっぱりと言うと、今度ははっきりと人垣が割れ、私と通せん坊をしている男まで遮るものがなくなった。

ほら、やっぱり私を連れてきてよかったじゃないと、フォルトにドヤ顔を向ける。フォルトはそんな私に苦笑いを返した。

「もう一度言います、公爵様から許可は出ております。これより魔法省の職員でオルフェの森の土砂崩れの調査を行います。即刻そこをお退きなさい」

私は目の前に立つ男を、人差し指でビシィッと指した。

――決まった。

もう、これ完全に決まったわ！

しかし、男は一呼吸置くと、こちらに向かって声を張り上げた。

「こちらだって仕事です。なにかあった際、責任を問われるのは私だということをご理解いただきたい。貴方様が本物のレーナ様であることを証明していただかない限り、私だってここを退くわけにはいきません」

男の口調が先ほどに比べて丁寧なものになるが、私がレーナであることを証明しろなんて……某ご老公のようにうまく行くと思ったのに、現実は甘くない。

私は、胸に下がるＬＵＣＫＹネックレスをぎゅっと握りしめた。

ＬＵＣＫＹネックレス様の運もここまでなの……⁉

「レーナ嬢……気づいていると思うが、こいつは絶対に通すつもりはないぞ」

フォルトが私にこそっと耳打ちする。

リオンは魔法省の身分証明書を見せれば済むが、公爵令嬢レーナには、魔法省の職員のように証明書があるわけではない。

フォルトやシオンがなにを言っても、男は頑として信じないだろう。一度家に戻って、クリスティーや護衛を連れてきたところで、結果は同じに決まっている。

どうしよう、どうしよう……

打つ手なしかと思われた、その時だった。

「彼女の身分は私が保証しよう」

「なにを申されますか……一体、どのようにご証明いただけるのです？」

突然あがった声に、道をふさぐ男は不機嫌そうに振り返る。

声の聞こえた辺りには、足止めをされている馬車がいくつも並んでいた。

積み荷を載せた大量の馬車のせいで気がつかなかったけれど、その中に、見覚えのある百合《ゆり》の紋章が入った馬車が一台あった。

「彼女は私が身分を保証するに足る人物だからね」

私の時とは違い、そうするのが当たり前のごとく自然と彼の周りから人が退いて道が開ける。

道が開けたことで、声をあげた人物がこちらからよく見えるようになった。

すらりとした体躯《たいく》に、目の覚めるような美貌。一度見たら、忘れることなどできないだろう。

辺りから騒めきすら消え、ピーンと空気が張りつめる。

「我が家の馬車の紋章を見ただろう。よもや、アンバー領とクライスト領の領境であるオルフェの森で番をしていて、クラエス家の紋章を知らないとは考えられないからね」

対峙する男はというと、まさかの人物の登場に呆然とし、言葉を紡《つむ》げない。

「彼女はレーナ・アーヴァイン。私の婚約者で間違いないよ」

そう言って、馬車から降りてきた美しい男――ジークがこの上なく優美な微笑を浮かべた。

昨日クライスト領に発ったジークだったが、土砂崩れのせいで二つの領を繋ぐ街道が封鎖され、荷運び同様ここで足止めを食らっていたのだ。

なんというタイミングのよさ。

流石《さすが》に、今回はもうジークの力を借りることはできないと思っていたけれど、私はまだ運に見放されていなかったのだ。

私は交渉術に長《た》けてないから、丸め込まれそうだった。けれど、ジークは違う。十三歳ではあるが、圧倒的な話術と交渉能力を備えているのは十分知っている。

いいところは、ぜーーーーんぶジークに持っていかれる形になっちゃったけれど、彼がいればおそらく要求が通る。というかジークが通す。

「馬車だけでは……」

「カミル」

ジークは名前を呼ぶと、ジークの後ろから強面の従者が出てきて口を開く。

「クラエス家が、家紋の入った馬車の盗難を許し、のさばらせていたと？　そう仰りたいので？」

家紋がどうとか言っているけれど、何気なく描いてある花のイラストにそれほどの効力があるものなのだろうか。

「そ、そう言うわけでは……」

でも効果はてきめんで、ジークに呼び出された従者・カミルの気迫に、男は完全に押されている。

ジークはその隙を見逃さず、一気にたたみかける。

「なら問題ないだろう、大規模な土砂災害だ。アーヴァイン公爵が娘に指示を出していたとしても、なにもおかしくない」

容赦なくジークは男の逃げ道をふさぐ。すると、男の目が泳いだ。

当然ジークはそれも見逃さない。

「ところで、君は一体誰に雇われてここにいるんだい？　リオンに食ってかかるということは、少なくとも魔法省から手配された者ではないはずだ」

ジークは美しい笑みを保ったまま、男のほうへゆっくりと歩みを進める。

「それは……」

ジークが進むたび、男が一歩ずつ、じりじりと後ろに下がる。

「まぁ、どちらでもいいよ。この先が本当に崩れているなら、君がどこに雇われていたって問題ないのだから……カミル」

「はい、こちらに」

ジークが呼ぶと、従者が素早く彼の後ろにやってきた。

「領境にあたるから、どの程度崩れているか私も確認しておきたい。早急に私の馬の準備を。お前はここに残り、馬車を見守るついでに、この男が逃げ出さないか見張れ」

「かしこまりました」

カミルはそう言って、深々とジークに頭を下げた。

それからジークは、私とフォルトのところに馬に乗って近づいてくる。

「レーナ、まさか君がここに現れるとは思わなかったよ。今回は面白いことが起こらなければいいのだけれど……ところでバカンスはもういいのかい？」

ジークがさりげに、前回私のせいで巻き込まれた第二王子暗殺事件のことを揶揄《やゆ》する。

「私も、こんなところでお会いするとは思いませんでした。宿題は先に終わらせるタイプになると決めましたの。今回のことが終われば、夏休みも誕生日もやり直して、楽しく過ごしてみせますわ」

思わず『オーホホホ』と、悪役令嬢らしく笑ってしまう。

「なるほど。では、宿題を早く終わらせられるよう私も協力しよう。レーナ」

ジークはクスリと一笑した後、私に向かって手を伸ばした。

「なにか？」

「こちらに」

どうやら、フォルトの馬から自分の馬に乗り換えるようにということらしい。しかし、お尻も痛いし、できれば乗ったり降りたりはしたくない。

「いえ、このままで結構ですわ」

ジークの申し出をバッサリと切り捨てた。

すると、彼は目を細めて、すっと手を下ろす。

「……今まで散々乞《こ》われたのに、一度も馬に乗せなかったことを怒っている？」

「乗れれば誰とでもよいと気づいたのです。慣れてないので、乗り降りに時間がかかります。今は時間が惜しいわ。リオン、行きますよ」

リオンは私の言葉に頷くと、職員の一人に残るように命じた。先ほどの男達を見張らせるのだろう。

領と領を繋ぐ街道は運搬の要《かなめ》のためか、道はきちんと整備され、大きな馬車がすれ違えるほど道幅が広かった。

しかし、道は山道だけあって斜面が急で、先ほどよりもお尻へのダメージが深刻だ。

私が落ちないようにフォルトが配慮してくれるのがわかるが、私はお尻の痛みのことで頭がいっぱいだった。

後一体どれくらい走れば、この山道は終わるのかしら……お金ならいくらでも払う。お尻も好きなだけ撫でればいい。だから、お尻に治癒魔法をかけながら一緒に乗ってほしい！

そう心の中で叫び、近くを走るシオンをジトッと見つめた時だった。

ヒューーーッという高い音が聞こえると、上空に花火のようなものが上がった。

驚いた馬が上体をのけ反らせる。

馬が暴れた時は、振り落とされないように、太股《ふともも》でしっかり身体を挟めとかどうとか言われていたけれど、そんなこと急にはできない。

重力に従い、私の身体がフォルトにもたれかかってしまう。私の後ろに乗るフォルトに対し、明らかな負担増である。ごめん、フォルト。

フォルトはそんな状況でも、毅然《きぜん》とした態度で馬に声をかけ、手綱《たづな》を捌《さば》き、馬を落ち着かせた。

「今のはなに？」

馬が落ち着いたところで、ようやく私も口を開けた。

まったく、一体なんなのよ!?

困惑する私に、先ほど花火の上がった方向をきつく見据えて、リオンが答えた。

「魔法省の職員からの合図です、レーナ様。どうやら向こうでなにかあったようです」

四　最善の選択とは

「さっきの男達となにかあったということ？」

「おそらく。もしかしたら、逃げ出したのかもしれませんね」

私の言葉にリオンは頷いた。

「では、私達はこれからどうする？」

ジークは表情を厳しくして全員に問いかける。

「崩れているか確認をしたいところですが、合図があったことですし、念のため数名は戻ったほうがいいと思います。ここは土砂崩れを確認するチームと、引き返すチームに分かれたほうがよいでしょうね」

眼鏡をクイッと上げながら、リオンはそう提案した。

「俺は、どうにもさっきの男の挙動が気になる。それにもし本当に土砂が崩れていたとしたら、あいつ等が逃げる理由はないはずだ。足手まといかもしれないが、俺は一度男のもとに戻って、少しでも事情を知りたい。……レーナ嬢はどうする？」

フォルトは決意を固めたようにぎゅっと手綱《たづな》を握りしめた後、遠慮がちに私の顔を覗き込んだ。

……私は、どうしよう。

フォルトの言う通り、土砂が崩れていたら男は街道の封鎖を続けていたと思う。

街でなにかあったということは、本当は土砂が崩れていないから、分が悪くなった男達が逃げるなり暴れるなりしている可能性はある。

私に戦闘能力はない。一緒に戻って、下手に戦闘に巻き込まれるとヤバイ。

フォルトは自分のことを足手まといと言っているけれど、ある程度は雷魔法で自衛できるから、本当に戦闘能力がない私とは訳が違う。

となると、私が取れる選択肢なんて一つしかない。

戦闘はまっぴらごめんだから、私は土砂が崩れているかを見に行こう。

「万が一戦闘に巻き込まれると、私こそ足手まといですから、土砂崩れを確かめてまいります」

これで、戦闘回避よ。

「レーナが残るならば、私も土砂崩れを確認することとしよう。カミルも私がレーナと一緒に行動すると考えているだろうからね」

ジークは、私と一緒に土砂崩れを確認しに行ってくれるようだ。

「僕も戦闘はパス」

ジークに続いて、シオンも戦闘はごめんだと確認チームに決まった。

「私もレーナ様になにかあっては困りますので、確認にお供しましょう。お前達は、いったん戻って様子を見てこい」

「「かしこまりました」」

そうして、土砂崩れを確認するのは私、ジーク、シオン、リオンの四人に決定。

リオンの指示もあり、魔法省の職員とフォルトが街に引き返すことになった。

フォルトと別行動することになったから、当然一緒に乗っていた馬から降りる。彼の手を借りて馬上から地上に降り立つと、その手を握りしめた。

「フォルト……気をつけて。無茶はしないでね。もし戦闘になったら、魔法省の人間に任せて逃げちゃえばいいのよ」

「ありがとな、無茶はしないから心配するな。レーナ嬢も気をつけろよ」

ずっと後ろで落ちないようにと支えてくれたフォルトと離れるので、なんだかしんみりとしてしまう。

フォルトは最後にきゅっと強く手を握り、名残《なごり》惜しげにそれを解いた。今生《こんじょう》の別れではないとは思うけれど、つい不安になりフォルトを見つめる。

「どうかご無事で」

「あぁ。ほんの少しの別れだ。またな、レーナ嬢」

フォルトはそう言って、くしゃっと笑った。

やばい。死亡フラグみたいなやり取りだわ。

「待って！」

私は、手綱《たづな》を引いて馬を動かそうとするフォルトを慌てて引き留めて、大事に大事に身に着けていたＬＵＣＫＹネックレス様を外した。

そして、不思議そうにこちらを見つめるフォルトに向かって、それを勢いよく差し出す。

「これは、とってもありがたーーーーい効果があるネックレスなのよ。貸してあげる。すごくお気に入りなの。だから、必ず返してちょうだい」

フォルトはキョトンとした顔をしていたが、細いチェーンにリボン飾りのついたネックレスを受け取り、胸ポケットに入れた。

「ありが――」

「違う！　そこに入れるだけじゃ装備判定されないかもしれないから、ちゃんと首に着けて！」

馬に乗ったままのフォルトをビシッと指差し、正しく装備するように指導した。

えっ、これ明らかに女物のファンシーなデザインじゃん……という雰囲気が周囲に流れる。

しかしフォルトは苦笑しながらも、慣れない手つきでＬＵＣＫＹネックレス様を身に着けた。

「これで満足か？」

「うんうん、それでいいのです。私に返すまでは必ず、必ず！　着けているのよ」

「わかったわかった」と気恥ずかしそうに繰り返しつつ、フォルトは魔法省の職員と来た道を引き返して行った。

さてと、これでフォルトの死亡フラグは回避できたに違いない。満足した私は、そこでようやく、この場が変な空気に包まれていることに気がついた。

シオンが口をパクパクと動かし、こっそりとジークを指差す。

『む、し、ん、け、い』

思いっきり婚約者の前で、他の男性と今生《こんじょう》の別れのようなやり取りを演じてしまった。

あわあわしている私に、ジークはゆっくりと近づいてくる。そして、にこやかに笑いながら私に手を差し出した。

『当然、私と乗るだろう？』という無言の圧力を感じる。

先ほどのこともあるし、お尻のこともあるし、一緒に乗れば話もしなくちゃいけないだろうし。

できれば、怒っていそうなジークよりもシオンと乗りたいが、彼の周りに見える怒りのオーラに――回避は無理そう……

ＬＵＣＫＹネックレス様を手放してしまったから、さっそく不幸に見舞われているわけ!?

私は観念してジークの手を取った。

サッと華麗に乗りたいけれど、一人じゃ乗れないので、結局リオンに持ち上げてもらい、ジークに引き上げてもらうという、実に見苦しい感じで馬に乗り込んだ。

そして私達は、土砂崩れが本当に起こったのか確かめるべく馬を走らせた。

私はジークから会話を振られる前に、先手必勝とばかりに話しかける。

「てっきりもうご実家に戻られているかと思っておりました」

「君もなんとなく気がついているようだが、私は家には帰りたくない。だが呼び出されれば行くしかないから、観念して馬車に乗っていたけれど、タイミングよく街道で土砂崩れが起こった。男の口ぶりからして、本当に土砂が崩れているかは怪しいと思ったが、それを指摘してやる理由がない。こちらとしては、帰郷を先延ばしにできて喜ばしいくらいだからね。でも、まさかレーナがあそこに魔法省の面々と来るとは思わなかったよ」

ジークは土砂崩れに便乗し、これ幸いと怪しいところに目をつぶり、あえて立ち往生《おうじょう》を選んでいたわけね。

「足止めされていたかったのに、なぜ私に協力してくださったのですか？」

通せん坊した男をやり込められたのは、ジークだからできたことだった。

あの時ジークが入ってこなければ、私はレーナであることを証明できず、オルフェの森に入ることなどできなかっただろう。

「それは、ここにずっと留まることができないからさ。いずれ、どうせ迂回《うかい》しようという話になっただろうからね。君といてうまくやれば、家に帰らなくていいかもしれない」

涼やかな笑顔でジークは腹黒い考えを私にさらりと話した。

「なるほど……」

「相変わらず、どうして帰りたくないのか？　とは聞かないんだね」

ゲーム本編でもジークが実家に帰らず、学園都市に残る理由は明らかにされなかった。

「聞いたら教えてくださるのですか？」

思わず後ろに座るジークを振り返った。

「……それは言えないな」

しかし、彼は私と目を合わすことなくそう答えた。やっぱり教えてくれないじゃないの。

「ハァ……教えるつもりがないなら聞かないでください」

わざとため息を大げさに吐いてやった。

「レーナ」

すねているふりをして会話をしにくい雰囲気に持っていこうとしていたのに、ジークは片手で私の髪を一房手に取り、あっさり声をかけてきた。

「なにか？」

冷たく答えてみる。

「聞かないでくれてありがとう……」

周りに聞こえないように声を落として、ジークは言った。

冷たいままでいてくれれば、遠ざけても罪悪感など湧かないのに。

パーティーの日以来、ジークは私への態度を改めた。

私達は所詮《しょせん》、政略結婚。それに最終的には婚約破棄をしたいくらいなんだから、ジークとは可もなく不可もなくの関係を築ければ十分。

しかし最近の彼は、こちらの機嫌を取ろうとしたり、感情を露《あらわ》にしたりと、らしくない言動が目立つ。

そうまでして彼は、好いてないレーナと無理に仲良くなろうとしている？　そんなにこの不毛な婚約関係が大事？　自分の将来の地位や名誉のために。

そう考えると、なんともやるせない気持ちになる。

私にだって、合わないと感じた人間はこれまでに当然いる。

そんな人達を常に排除できるわけではないからこそ、表面的には仲良く円滑にやろうとしてきた。

しかし、それは心身ともにかなりのストレスを感じる。それでも、自分のちっぽけな世界を守るためにはそうするしかないのだ。

だからこそ、ジークは自分の気持ちを押し殺して、どんな気持ちで今、私に歩み寄っているのだろうか……と考えてしまう。

政略結婚だから、私との婚約が破棄されればクラエス家として困るのだと思う。そのため、私と仲良くやろうとしているのだ。

たとえそれが彼の本心ではなく、半ば強制されたものだとしても……

ジークには、私の剣となってグスタフと戦ってくれたことに恩を感じている。表面的に彼がうまくやりたいというなら、私も彼が望むように合わせてもいい。

だが、私はゲームのヒロインではない。悪役令嬢レーナなのだ。

レーナがジークに惚れぬいた結末を知っている身としては、じゃあ、仲良くしようとすんなり受け入れることができない気持ちもある。

万が一、ヒロインとの恋愛イベントが進む中、レーナがジークに惚れていると判定されれば、待っているのは断罪。

思わずゲームのシナリオを思い出し、表情が曇《くも》る。

あれこれ考えていると、ジークが再び私に話しかけてきた。

「フォルトと君は仲が悪いのだと思っていた」

「あぁ、悪かったですね。といっても、一方的に私が嫌われていたというのが正解ですけれど。これでも一応、和解いたしましたの。おかげさまで」

そう。私とフォルトが和解するきっかけになったのは、ジークの私への態度だった。

フォルトは次期公爵になるかもしれないからと、高度な教育を受けていた。

一方、肝心の直系のレーナは、領地や家のことなど考えず、イケメンを追い回し、恋に現《うつつ》を抜かしていれば、そりゃ、こっちはこれだけ苦労しているのにとイライラもしたことだろう。

「どうして和解できたのか聞いても?」

「私とジーク様の関係を見たから……ですかね。婚約者に酷い扱いを受けて、傷ついて泣いても、婚約関係は続けなくちゃいけない。でも、そのおかげでフォルトははとこですけど、友達になりましたの。誕生日プレゼントも頂きましたし」

チクチクとジークに意地悪を言う。目論見通りジークの笑顔がどことなく引きつる。

「プレゼントはなにをもらったんだい？」

もう少しチクチクと言ってやろうと思ったのに、ジークは話を変えてきた。

「ニコル・マッカートの新刊です。本当はすぐにでも読みたかったのですが、時間を取る前にこんなことに……。ジーク様もニコル・マッカートの作品は読まれていますよね。もう購入されたのですか？　今度の話はなんと、学園都市が舞台なのです」

話題を変えようというジークの思惑に乗るまいと思ったのに、ついつい私から話を広げてしまった。

「たぶん、新刊が出れば勝手に寮に届けられていると思う。学園都市が舞台か……」

「わざわざ学園都市が舞台と銘《めい》打ったのですから、きっと王立魔法学園が出てきますよ。授業を受ける教室や演習場だけでなく、私もよくお茶をするカフェテリアに図書室、医務室……森とか……閉じ込められた塔とか………地下の通路とか」

あれ、学園での生活を思い出してみたけれど、楽しい思い出からだんだんと楽しくなかった思い出になっていく……

「閉じ込められた塔……」

ジークがなんとも言えないトーンで、私の言葉を復唱した。

第二王子暗殺未遂事件の時、私がどんな目に遭っていたのか具体的にジークは知らないし、私も今思い出すようなことをしたくない。だから、話を変えることにした。

「まぁ、とにかく知っている場所が舞台だとさらに面白いはずなので、貴重な読者仲間としてジーク様とも読破後に語り合いたいですわ」

「なになに？　なんの話？」

すると、シオンが興味深げな顔をして、馬を寄せてきた。

「小説の話なのだけど、作家のニコル・マッカートって知っているかしら？　読んだことがないなら貸すわよ」

「知らないけど、面白いの？」

「ええ、面白いで――」

「あっ、レーナ様に聞いてない。ジーク様に聞いてる」

へーへー、そうですか。まったく、私が主《あるじ》だというのにこの扱いは一体なんなの。

シオンに話を振られたジークは、片手を顎の下に置き考え込む。

「面白いかどうかと聞かれると……私個人としては好みではない。けれど、女性の夢と希望が詰まっている……のだと思う」

ジークはシオンの手前、かなり忖度《そんたく》して言葉を選んだようだ。魔法省で本音をぶちまけた時に比べると、大分まろやかな表現をしてきた。

「女性の夢と希望、かなり抽象的な感想なんだけど……それって売れてるの？」

「彼の作品は、どれも手に入れるのに骨が折れる。根強い読者が多いんだろう。貸本屋にもなかなかないそうだし。私が持っているものは、私が読む前から次に誰が読むか、従者やメイドの間で小競り合いが起きるほど人気が高いね」

「ジーク様も持ってるんだ……。なら、とりあえず読むだけ読んでみようかな。レーナ様、今度貸してよ」

「えぇ、よろしくってよ」

私は大きく頷いた。ただ、多分シオンもジーク同様、『こんな男はいない。目を覚ませ』的な感想を言う気がする。

「あの、皆さんでなんの話を？」

私達が小説の話で盛り上がっていると、リオンも気になったのか会話に入ってきた。

「ニコル・マッカートの小説の話ですわ。リオンは知っております？」

「あぁ、あの恋愛小説の」

あら、意外。リオンも知っているようだ。

「えっ、知らないのって僕だけ？　そんなに有名なの？　確かに読書とか悠長《ゆうちょう》にできる環境じゃなかったけど……」

嘘、僕少数派なの？　と言わんばかりに、眉を顰《ひそ》めるシオン。

シオンが本の内容を知りたがるものだから、今続いているシリーズの一巻の、簡単なあらすじを教えてあげることにした。

シオンはあまり興味なさげで『フーン』という感じだけれど、自分だけが知らないというのは嫌みたいだ。私の話を中断せず、最後までちゃんと聞いていた。

ジークも私の説明に補足してくれる。

リオンもいくつか読んだことがあるようで、土砂崩れの調査に向かっているというのに、和気《わき》藹々《あいあい》といった雰囲気でちょっと盛り上がってしまう。

「話をしていたら、新刊が読みたくなってきました。こんな調査はさっさと終わらせて、早く家に帰りたいわ」

「もう終わるよ」

一体いつまで馬に乗り続ければいいのだろうと思っていたところを、ジークがはっきり言いきった。驚いた私は、彼を振り返る。

ジークは真剣な顔で前を見据えていた。私が見ているのに気がつくと、先ほどまでの穏やかな空気とは一転、

「もうすぐオルフェの森を抜ける」

緊張した面持ちでそう告げた。

森を抜けるということは、フォルトが言った通り、最初から街道で土砂など崩れてなんていなかったのだ。

土砂崩れが発生していないのに封鎖された街道……そして私達は今、そこを通り抜けようとしている。

「クライスト領側から一台も馬車が来ないということは、反対側でも誰かが通行止めしているはずです。様子を見てきますので、レーナ様達はここで待っていてください」

リオンがそう言って、馬で先に駆けていく。

そうか、土砂崩れの確認だけして帰るわけにはいかないのね……

リオンが行ってしまったので、この場に子供だけが残される。

急に不安になってしまって、思わず手綱《たづな》をぎゅっと握りしめた。

「大丈夫」

ジークが緊張している私に優しく声をかけた。

「はい」

私はそれに小さく頷く。

「流石《さすが》にもう一回小説の話をしたところで、気は紛《まぎ》れないよね」

いつでも自由なシオンですら、あたりを警戒して見回しながら話しかけてきた。

完全に気を使わせてしまっている。私、そんなに酷い顔になっているのかしら。

というか、もしかして私が怖がらないようにと、ジーク、シオン、リオンの三人が意識して、私が興味のある話題を振ってくれていたのかも。

ジークは以前、ニコル・マッカートの小説をボロッカスに言っていたし、シオンもどう考えても興味がありそうなジャンルではない。

魔法省の職員であるリオンまで、話に入ってきた。

なんだか皆に余計な気を使わせて、それに気づきもせず楽しく会話していたなんて、情けないわ……

クライスト領側を見に行ったリオンは、神妙な顔ですぐに引き返してきた。

嫌な予感がする……

「どうかしました？」

不安になって手を伸ばした首元に、いつものＬＵＣＫＹネックレスはない。

「これは我々が考えているより、大規模な犯行なのかもしれません。アンバー領側には見張りが数人でしたが……クライスト領側には少なく見積もっても十人はおりました」

「嘘でしょう⁉」

私の言葉にリオンは首を横に振り、残念ながら……と漏《も》らした。

「人数が多いため、四方に逃げられては私一人では捕縛は難しく……。アンバー側同様、大勢の人が足止めされているので、連中に平民を人質に取られる可能性を懸念し、一先《ひとま》ず引き返してまいりました」

リオンは魔法省に採用されるくらいの実力を持っているし、なにより彼は魔剣の主《あるじ》。

ゲームでは敵なしだったジークすらも、サシで軽くやり合った時、あっさりと吹っ飛ばされたくらい戦闘能力は高い。けれど、それはサシでやり合った場合のお話。

敵が四方に逃げたり、人質を取ったりしたら、リオン一人で対処するのは難しいのだろう。

ＬＵＣＫＹネックレスをフォルトに貸したことで、ツキに見放された気がするわ。

全員が言葉を失う中、最初に沈黙を破ったのはジークだった。

「こちら側に十人もいたのは予想外だ……。レーナをフォルトとともにアンバーに戻らせるべきだった」

あの時、フォルトと共に戻るという選択をしていれば、魔法省の職員が土砂崩れの調査に行き、リオンを先導に、おそらく私、ジーク、フォルト、シオンで戻れたことだろう。

やってしまったと後悔してももう遅い。

「クライストは王都に近い分、アンバーより商業が栄えていて、物流の拠点にもなっている。要するに商人がアンバーより多いんだ。だからこちら側のほうが、多く人が配置されているのかもしれない」

ジークの推測に、私は一つ頷いた。

「なるほど……それにしても、土砂は崩れていなかったし、一体誰がなんのためにこんなデマを流したというの」

相手の目的がわからない。

わからないからこそ、この街道に居続けることが不安だ。

「目的は今の段階ではわかりませんが、この規模からして組織的な犯行でしょう。日を選んでデマを流し、見事公爵をはじめとする貴族を領地から追い出したのです。計画的としか思えません」

リオンは神妙な顔で俯《うつむ》くと、すかさずシオンが尋ねた。

「で、どうすんのさ？」

「アンバー領側では街道に人が入らぬように、男達が数人で見張っていました。ただ、あの人数で四六時中見張りをすることはないと思われます。なので、遅かれ早かれ交代するはずだった人物が、見張りが破られたことに気がつくでしょう。そうなれば……」

「そうなったらどうなるのさ」

イライラとした口調で、シオンがリオンに先を促す。

「目的はわかりませんが、公爵を不在にさせ、街道を封鎖するという大胆な計画を練った主犯は……逃げると思います」

「相手が逃げてくれるなら戦わずに済みますし、いいことではないの？」

リオンの言葉に、私は首を傾げる。

戦闘になったらどうしようと思っていたけれど、魔法省が動いていることを知って逃げてくれるなら、それに越したことはないのでは？

「魔法省が動いていると知って主犯が逃げれば、今回大きな戦闘が起こることはないでしょう。ですが、それではトカゲのしっぽ切りとなる。つまり、事件の目的もわからないまま、公爵様を出し抜いた犯人がのうのうと逃げることになります」

「……あーもう！　だから今主犯を捕まえないと、また今回みたいな計画を練って再犯したら、面倒でしょってことだよ！」

リオンの言いたいことがわからずポカンとしている私を見て、シオンが苛立った様子で一気に捲《まく》し立てた。

「レーナ様、今回の事件は荷を運ぶ業者に大きな打撃を与えています。ましてや、不在にしている公爵様の名を出して通行止めをしていたのです。いたずらにしては度が過ぎている。ここで犯人を捕まえないと、民も不安に思うでしょう」

リオンはそう言って私を見つめた。

私の父の名前を出して、男は街道の通行止めを行っていた。

足止めをくらっていた人々は、悪いのは道を封鎖していた人物だと言われたところで、領主である私の父が動けばすぐに解くことができたと思うだろう。

だって、土砂は崩れていなかったんだもの。

「つまり、ここで事件の黒幕を捕まえないと、領主である私の父に領民が不信感を抱くというわけね」

「そうです。流石《さすが》レーナ様です」

リオンは頬を緩めて私を褒《ほ》めた。

「ここはあまりにも街から近い。安全を考えて来た道を少し戻ろう」

ジークは手綱《たづな》を捌《さば》き、来た道を引き返そうと馬を動かす。

「この辺で一度止まりましょう」

私は皆を止めた。

特に手があるわけではない。それでも、ここを離れてしまったら、なにか大事なものが終わる気がしたのだ。

「あのさ、離れたらなにかあった時対処できないかもって、不安な気持ちはわかるんだけど……策があるの？　レーナ様」

シオンが私の頭の中を読んだように、うんざりとした表情で振り返る。

「今考えておりますよ！　……とにかく、私の父の名前を出されて道を封鎖されて、父がいない間に今回のことが起こったというのは、とてもまずいと思うのです。でも、あーもう……」

ゲームにないシナリオに戸惑い、考えが纏《まと》まらない。

ただ、ここで判断ミスをすれば、クライスト領とアンバー領の関係が悪化する可能性が出て、父の立場まで悪くなるかもしれない。今日生まれた僅かな歪《ひず》みが、後々アンバー領の運営や父に大きな影響を及ぼすきっかけになるのは避けたい。

握りしめる拳に力が入り、爪が掌に食い込んでいく。

「レーナ、顔色が悪い。少し飲んだほうがいい」

思い詰める私を心配したジークが、後ろから水筒のカップに入れられたお茶を差し出した。ジークの魔法で冷やされて美味しい。

頭が少しスッキリし、冷静さを徐々に取り戻していく。

「ジーク様……もし、私が助けてほしいとお願いしたら……私達を取り巻く状況が変わっても、あの時のように、最後まで助けてくださいますか？」

私はジークを振り返り、直球で聞いてみると、ジークの顔からすっと笑みが消えた。そして、不安げな表情で逆に問いかける。

「もし、私が君に許しを請い、助けを求めたら……その時、君は私を助けてくれるかい？」

ジークはこの物語のヒーローで、ゲームでは、彼が現れたらいつだって状況が好転した。ヒロインのピンチを涼しい顔で助けるジーク。そんな彼しか見たことがなかった。

でも、目の前の彼は吹けば消えてしまう灯火のように、儚《はかな》げで頼りない顔を見せている。助けられる？　あの時のジークみたいに身体を張って……命の危険を顧《かえり》みず……

私は彼の問いに即答できず、押し黙ってしまう。

すると、ジークはいつものなにを考えているのかわからない愛想笑いを浮かべ、ポンッと私の肩を軽く叩いた。

「なんてね……言ってみただけだよ。君との婚約は私にとって大きな意味がある……私の協力をわざわざ改めて願う必要はない。私からはどうせ破棄できないからね。さて、学園の事件のように今回は解決できるかな？　レーナ。もう時間がないよ」

思いっきり意味深なことを言われた。

気になるけど、今そんなことを考えている時間がないのは事実。

私は気持ちを切り替えて、リオンに目を向けた。

「リオン。魔法省の支部は、当然クライスト領にもあるんですよね？」

「えぇ、もちろんです」

「よかった。では、クライスト領の魔法省に応援を頼みましょう。大人を入れたほうが楽に解決するのは学習済みです」

私の提案に、リオンが深く頷いた。

「ええ、私もそれがいいと思います。しかし、魔法省も派閥や権力闘争などで一枚岩ではなくて……急に赴《おもむ》いて、怪しい人物がいるから捕縛に協力してほしいと頼んだところで、聞いてもらえるか……」

リオンが視線を下げて言い淀《よど》む。

なにやら魔法省の内情も複雑らしい。

それに、先日私の尋問中にやらかしたせいで、魔法省内でのリオンの立場はかなり悪くなっている。交渉はさらに難しくなりそうだ。

「なら、交渉には私が同行しよう。クライスト領内では私の顔が利く。私が間に入ったほうがスムーズに事が運ぶだろう。うちの領民がアンバーに不信感を抱き、交易に不都合が生じるのは私も望まないからね」

ジークによると、クライスト領には海がない。そのため、海産物がたくさん獲れるアンバーとの交易が立ち行かなくなるのは避けたいのだという。

「問題は、どうやってクライスト領に入るかね。このまま街道を進んで街に出れば、確実に見張りと顔を合わせることになる。森の中を突っ切って、別の道に出るしかないわよね」

私はそう提案したものの、すぐにリオンに却下された。

「それは危険です。森の中は舗装《ほそう》されてないので、馬を走らせるのが難しいのです。万が一、レーナ様が怪我をなさったら……」

「僕に任せてよ」

シオンがリオンの言葉を聞いて、すかさず馬を走らせる。どういうことだろうと不思議に思って彼の後ろ姿を見つめていると、シオンはしばらく街道を進み、あるところで馬を止めた。

「わかりにくいけど、ここから街を通らずにクライスト領に入れるよ。地面をよく見ると草が倒れているし、蹄《ひづめ》の跡があるでしょ」

「「本当だ」」

思わずシオン以外の三人でハモってしまった。

シオンが指差したところは、彼の言う通り、草が少し倒れていて蹄《ひづめ》の跡もある。ということは、誰かがここを馬で通っているのだ。

「領境だからあると思ったんだよね。おそらく教会の人間が、魔法省にばれないように使う道だよ」

シオンはそう言うと、街道から山の中に馬を誘導する。

シオンの後ろを、リオン、ジークと順番に続く。

よく見なければ入口もわからない道を、シオンは迷いなくどんどん進んでいく。

そしてあっという間に、私達は街を経由せずクライスト領に入った。

「本当に別の道に出たな」

あたりを見回して、ジークには大体の場所がわかったようだ。「ここから魔法省へは私が先導しよう」と道案内を買って出た。

魔法省の支部にはわりとすぐに辿り着いた。

隣でリオンが深呼吸をしている。ここでうまく協力を仰《あお》げなかったら、状況が好転しない。緊張するのも無理はない。

「交渉には私も同行しよう。職員の中には私の顔を知っている人物もいるはずだから、力を借りやすいだろう」

「よろしくお願いいたします、ジーク様」

ジークの言葉にリオンはほっとした表情を浮かべ、深く頭を下げる。そして、リオンとジークの二人は魔法省の建物へと入っていった。

私とシオンは中で待つかと聞かれたけれど、なんとなく憚《はばか》られて外で待つことにした。

『レーナ様が中で待たないってことは、僕も外で待つ羽目になるんだけど……』とシオンがこちらをジトリと睨んだが、それは無視する。

シオンと一緒に馬に乗り、二人を待って十分も経たない時だった。突然シオンの左腕が私のお腹に回り、彼が手綱《たづな》を引いた。

「なに!?」

ビックリした私はシオンを振り返る。

「……っ」

しかし、シオンは切羽詰まった表情で馬を捌《さば》き、私の問いに答える余裕はない。

馬はシオンの命令に従い、百八十度ターンして走り始めた。

後ろを見ると、身体強化を行い、一瞬にしてこちらに距離を詰めてくる黒服の男がいた。

男の手には鋭利なナイフがあり、全力で飛んだかと思うと、それを私達にめがけて振りかぶる。

私達は間一髪で攻撃を避け、ナイフの刃は空《くう》を切った。

飛びかかってきた男は、そのまま地面に転げ落ち、身体強化をした魔法省の職員が男を上から押さえつける。

私達を追うことが叶わなくなった男は、何度も悔しそうに地面を叩いた。その男の白い髪と金色の瞳が、妙に心をざわつかせる。

「どういうことなの？　あれはなに、誰？　引き返さないの？」

魔法省の職員が男を捕らえたのに、シオンは奥歯を噛みしめたまま馬を止めない。

飛びかかってきた男も魔法省の職員も、どんどん遠くなっていく。

「アンタ馬鹿!?」

ようやく口を開いたシオンが、そう私に怒鳴《どな》りつけた。

「ナイフを持ってた男、魔法省の服を着てたでしょ。動く前に服がローブからズボンに切り替わったから、少なくともあの衣装は本物。そして、迷うことなくこっちに来たってことは……あいつの狙いは——アンタか僕でしょ」

シオンは前を鋭く見据えたまま、口の端を軽く上げた。こめかみから汗が一筋、頬を伝う。

「なんで魔法省の職員が、私とシオンを襲うのよ！」

リオンは、魔法省も一枚岩ではないと言っていた。

魔法省の中に不穏分子《ふおんぶんし》がいるっていうこと？　それとも、魔法省のローブをどこからか手に入れていた人物が紛《まぎ》れ込んでいたってこと？

とにかく、シオンがいち早く動き出さなかったら危なかった……。

「レーナ様の中には、死蔵だけど魔剣がある。僕も、魔剣を持って逃げ出さないようにアンバー領に連れてこられて監視されてたでしょ」

「え、ええ」

「グスタフの魔剣の調査は秘密裏《ひみつり》に動いてたみたいだけど、どこかで話が漏《も》れたのかもね。レーナ様か僕の中に入ってると思って、襲ってきたんじゃない？　リオンの魔剣は無理でも、子供である僕らからなら奪えると思って。とにかく、敵か味方かはっきりしない魔法省には、これ以上留まるわけにはいかないよ」

シオンの言葉を聞いて、私はグッと親指を立てた。

「なるほど。シオン、ファインプレーね！」

「あのさ、今そういう気の抜けるような褒《ほ》め方しないでくれる」

ムッと眉間に皺《しわ》を寄せ、シオンは口を尖《とが》らせる。本性をさらけ出してからのシオンは、実に表情豊かだ。

「じゃあ、どう褒《ほ》めたらよかったのよ」

「もっとご主人様らしくこうさ……ってこんな話をしてる場合じゃなくて。僕はフォルト様やジーク様ほど馬の扱いに長《た》けてない。授業で習うような基本動作は問題なくても、いざという時の対処の際どうしてもワンテンポ遅れる……だから」

一度呼吸を整えてから、シオンは周囲を警戒しながらはっきりと言う。

「さっきのは運がよかっただけ。魔法省のエリートが出てくるんじゃ、僕じゃ完全に実力不足。レーナ様を守り切れる自信がない」

周囲に建物もない開けた場所で、シオンは馬を止めた。私達のことは丸見えだが、こちらからも誰かが来たらすぐに気づける。

口調こそ軽いものの、私のお腹に回された彼の手には力が入っている。言動とは裏腹に、内心かなり気を張っていることが伝わってきた。

「ねぇ、シオン」

「なに？」

「血の盟約のことはよくわからないけれど。いざという時、命までは張る必要はないからね」

「もちろんそのつもりだよ。僕の命は僕の中でレーナ様より重いもの」

実に、すがすがしいほどに、きっぱりと自分の命のほうが大事ですと言い切られる。

それでいいのだ。庇《かば》ってもらうというのは、なんとも後味が悪い思いをするということはジークの時に経験済みよ。

まぁ、違うならいい。

「そうですか……。って、今の死亡フラグっぽいやり取りね……」

「はあ？　たまによくわかんないこと口走るよね、レーナ様って。あと縁起でもないから死亡とか言わないでよ。話の流れ的に死ぬの、レーナ様じゃなくて僕じゃん」

呆れた表情で両肩を落としたシオンから、冷静なツッコミが入る。

そんな彼に苦笑を返した後、不安になって癖《くせ》で胸元を触るけれど、そこにＬＵＣＫＹネックレスはなかった。

「もう……そんなに大事なら、フォルト様に貸さなきゃよかったでしょ」

私の行動を見て、シオンがボソッと言う。

「特別なありがたーーーーいネックレスだったの。あれがあれば、フォルトは大丈夫かなって思ったのよ」

「信じてるところ悪いけど、絶対騙《だま》されてるよ。それに本当にネックレスの効果を信じてたなら、なんで貸したの？」

くそっ。未だに本気で私が学園都市でぼられたと思っているな。

私は恨みがましい気持ちになりながら、シオンをジトリと睨《ね》めつけた。

「だって、フォルトが心配だったんだもの」

「レーナ様のほうがツイてないんだから、ありがたーーーーいやつなら次は貸さないことだね」

「シオンが危ないかもと判断した時は、今度はシオンに貸すわよ」

「そりゃどうも。でも、僕はフォルト様みたいに、あんな可愛らしいデザインのネックレスを着けるなんてごめんだから。結構です」

さっくりと断られる。

本当に素直じゃないんだから、まったく。

さて、これからどうしたものか。

クライスト領との今後も大事だが、襲われたことで改めて思う。

父の評価が下がらないように立ち回りたかったけれど、命をかけるのは割に合わないわ。

命があって初めて、それは意味をなす。命大事に。

「いい考え、浮かんだ？」

シオンが、考え込む私の顔を覗き込む。

「うーん、クライスト領側の魔法省は誰が味方かわからないし、父の汚名を返上できるような立ち回りは二人では無理そうね。クライスト領とアンバー領の今後はどうなるかわからないけれど、一番大事なのは私達の命！」

「それは言えてるね。死んだら意味ないもんね」

「一度アンバーに戻って援軍を呼ぶのはどうかしら？　アンバー領の魔法省は、私が魔剣を持ってうろうろしているのに、無理に縛りつけることはしなかったもの。少なくとも、私利私欲のために私の魔剣を狙う人はいないと思っていいのかも」

街道を封鎖していた男の対処も、きっと一段落しているだろう。クライスト領の魔法省に残してきたリオンとジークのことは気がかりだけど、ジークは公爵家子息。悪いようにはされないだろうし、実力もあるから私の心配など無用だ。

「確かに、僕だけじゃレーナ様を守り続けるのは無理だし。戻って援軍を呼ぶっていうのは最善の選択かな」

「それじゃ、決まりね！」

私がはりきって笑顔になる後ろで、シオンはやや難しい表情で口を開いた。

「あのさ、今、まだ街道を封鎖してるってことは、主犯を含めて、この事件に関わっている連中が、この辺りにいる可能性は高いと思う。僕達がアンバー領まで引き返している間に、間違いなく状況は変わる」

シオンの言わんとすることはなんとなくわかる。

アンバー領側はともかく、クライスト側にまだ見張りがいたっていうことは、土砂崩れが発生していないことが、私達にバレたと気づいていない可能性が高い。

今うまく立ち回れば、主犯を捕らえることができるのではないかと言っているのだ。

「確かに、そうかもしれないわね」

「あいつら公爵様の名前を出していたし、レーナ様が懸念しているように、クライストとアンバーの今後が円満ではなくなる可能性はあるよね……領同士の仲が悪くなれば、婚約にだって影響あるかもしれないけど。本当にいい？」

最終確認と言わんばかりにシオンが念を押す。

「どれだけ私が想ったって、元からジーク様は私のことなんて好きじゃない。アンバー領の公爵令嬢だから好きなんだもの。婚約がダメになったら、それはそれでしょうがないわ」

まぁ、もともとジークルートは捨てると決めたのだ。

少し一緒にいてしまったせいで、なにも思わないわけではないけれど……命が一番大事。

「わかった」

シオンは短く返事をすると、再び馬を走らせた。

私達は魔法省の傍を通らないように迂回《うかい》して、道のない森の中を突っ切り、街道に入った。

道中急いでいるにもかかわらず、シオンが馬の操作方法を口頭で私に教えてくる。

「シオン……私には、この短時間で覚えるのは無理だと思うわ」

「そんなこと言ってる場合じゃないでしょ。なにかあった時、レーナ様が一人で馬に乗れなかったら困るの」

そう言われては学ばないわけにもいかず、なんとか手綱《たづな》を握り、シオンに言われたことを必死に頭に叩き込んだ。

馬は先ほどよりも速いスピードで街道を進む。和気藹々《わきあいあい》としていた行きとは大違いだ。

お尻が痛くなるたびに、シオンの手が私のお尻を撫で、痛みを緩和させる。

馬のほうにも治癒魔法をかけているようで、馬は速度を落とすことなく駆け続ける。

街道に入ってから、シオンは辺りをきょろきょろと見回し、クライスト領にいた頃よりずっと緊張している気がする。

「ねぇ、シオン。先ほどから一体なにを気にしているの？」

「さっき襲われたでしょ。僕は馬の扱いに自信がないから、人一倍警戒してんの」

ぶっきらぼうに言い捨てるシオン。なんとなく、私の質問をそれらしい理由で逸らされたように感じた。

違和感を抱いたのは、私がシオンと血の盟約で繋がっているせいかもしれないが。

「本当に？」

私はあえて後ろを振り返り、シオンを問い詰める。

彼は最初こそ飄々《ひょうひょう》とした態度だったが、私が視線を逸らさず見つめていると、次第にばつの悪い顔になった。

こんな表情になるってことは、やっぱりなにかを私に隠しているのだ。

「はぁ、アンタってほんーっと変なところだけ勘がいいよね。普段はあんだけポンコツなのにさ。……今回の事件、教会が関わっているかもしれない」

いつものようにおちゃらけた後、シオンが急に真剣な顔になってボソリとそう言った。

教会ですって⁉

「なっ、なんでそんな大事なこと黙っていたのよ⁉　口に出すっていうことは、根拠があるということでしょ？」

確かに、リオンは教会の残党の姿をここ最近見ていないと言って、気にしていた。

教会の残党が関わっている可能性があるとわかっていたなら、なぜもっと早く話してくれなかったのか。

「僕が教会の神官だったことは揺るがない事実。公爵様からアンバー領に呼び出されたのは、僕と教会の繋がりをまだ疑われているからで、試されてると思ってた。だから、確証も持てないのに、僕が疑われそうなことを周りに話せなかった」

シオンはシオンの立場を守るために、沈黙していた。そして、私はそれに気がつけなかった。

言葉を発せないでいる私をよそに、シオンは続ける。

「レーナ様も知っての通り、僕、治癒師としてアンバー領内で働かされてたでしょ。その時、教会の残党が患者に紛《まぎ》れて僕に接触してきたんだよね」

「アンバーに来てまだ日が浅いのに、もうシオンの居場所を嗅ぎつけたってこと?」

「治癒師って少ないから、治癒してれば寄ってくるのは必然だったのかもね。タイミング的に、僕が教会とまだ切れてないみたいでしょ。日よけ用の布を被ってたから、そいつの顔はわかんなかったんだけど――相手は僕を知ってた」

シオンはそこまで言うと、一旦言葉を区切った。口を真一文字に結んで、なにかに耐えるような顔を一瞬見せると、すぐさまぱっと表情を明るいものに改める。

「ちょうど養子の話も出てたからさ、やましいこともないのに疑われて、養子の話をだめにされてたまるかって、子供みたいなこと思っちゃった!」

シオンはそう言って、べーっと舌を出しふざけて見せた。

それが彼の空元気だとわかってしまい、私は眉尻を下げてシオンに尋ねる。

「その男になにか話を持ちかけられた?」

「さぁ、どうでしょう?」

私の質問を濁《にご》して、シオンは意味深な顔で笑う。

まったく素直じゃない。でも、なんとなくわかる。シオンは私を試しているのだ。

私がいつでもシオンの味方でいるかを。

「またそうやって……でも、私はシオンを信じているわよ。貴方は私にとって、すでに大切な存在なんだから」

第二王子暗殺事件の時、私はシオンに手刀で気絶させられた。シオンはその直前、聞いたのだ。

『僕のことを信じてくれる？』、と。

あの時はシオンが裏切ったのではと思ったけれど、結果、彼は私を裏切ったりしなかった。

私を切ろうと思えば、切る機会などこれまでいくらでもあった。私の魔力量では、血の盟約の縛りなどたかが知れている。

でも、シオンはそうしなかった。

あの時はちゃんと信じることができなかったけど、今度は違う。

シオンは裏切ったりしないと信じている。信じられる。

私がまっすぐ彼を見据えると、シオンは一瞬目を瞠《みは》り、息を呑んだ。そして、小さく笑って口を開く。

「……ほんと、調子いいんだから～。行きに街道からクライスト領に入った時、通った横道を覚えてる？　通る人がいなきゃ、あんな道はすぐに草に埋もれてしまう。僕は、あんな横道を使う理由に心当たりがあるんだよ……実際に見たことはないけどね」

シオンはニヤリと笑うと、道から少しだけ逸れたところに手早く馬を誘導する。

「心当たりって、なんの？」

そう問い詰める私の話を遮るように、シオンは山の中に馬を進めた。

「さて、話は終わり。ねぇ、レーナ様。馬の走らせ方覚えた？」

「はい？　どういうこと？」

突然の台詞《せりふ》に、私は目を瞬《しばたた》かせて尋ね返す。

「この子は賢《かしこ》い子だから、しがみついてれば、後は自分でアンバーまで戻ってくれると思う」

「ちょっとまって、その口ぶりだとシオンは馬から降りるんじゃ……」

振り向くと、シオンはどこか思い詰めた顔をして私を見つめていた。

なんで、どうして？　一体なにがあったの……？　わからない。

「そうだね」

「どうして？　なにかあった？　なにかあったんでしょ？」

「……もうアンバー側の街までは、レーナ様でも十分もかからないと思うから。ね？」

不機嫌でもない、困った顔でもない、いつも見せる胡散《うさん》臭い笑顔でもない。

私を心配させないようにと、シオンは目を細めて柔らかく笑ったのだ。

「大丈夫、すぐにフォルト様と会えるからさ」

「なにがあったの？　ねぇ、そんなキャラじゃないでしょ」

私は令嬢らしさも忘れて、シオンの胸倉を掴んだ。

「ホント、レーナ様って失礼だよね」

シオンは私の手をあっさり振り払い、呆れた顔でため息を一つ吐いた。

「僕、アンバーが好きだよ。フォルト様の家族も、ずいぶんよくしてくれたし。なによりも、僕はアンタに返しきれない恩がある。もし、この事件が教会絡みなら、他の誰でもない僕が終わらせないといけない」

聞きたいことは山ほどある。しかし、シオンが腹を括った様子で、完全に別れの言葉っぽいものを話すものだから、私は焦った。

だって、一緒にアンバーに助けを呼びに行くと、さっきまで思っていたんだもの。

私は、シオンの服を掴み直そうと手を伸ばす。左手は手綱《たづな》を持っているので、片手しか伸ばせないのがもどかしい。

しかし、その手はシオンの手に簡単に捕らえられた。彼は私の手を優しく引き寄せ、こちらに顔を近づける。

「レーナ様、暗闇から僕を救ってくれてありがとう。――またね」

そう悲しげに笑ったシオンは、私の反応を窺《うかが》いながら、そっと頬に触れるだけのキスをした。今まで無遠慮に散々キスしておいて、今更そんな恐々《こわごわ》とキスするなんて……死亡フラグが立ちまくりだ。

シオンは軽々と馬から降りると、身体強化を使って私と馬から離れる。

そしてその姿は、来た道のほうに瞬《またた》く間に消えて見えなくなった。

◆　◇　◆

親は、物心がつく頃にはもういなかった。

それでも、経営は下手糞だけど、とにかく人柄だけはいい牧師が運営してる孤児院に拾われて、ツイてたのかもしれない。

お腹は常に空いていて、金になることはないかとギラギラしてた。

小さい頃は小柄だからと虐められたものの、なぜか少し手に力を込めれば、ぶっ飛ばせるようになってからはわりと快適だった。

年の近い連中と朝から晩まで喧嘩《けんか》して笑って、夜は皆で身を寄せ合って眠る。幼い弟妹の身体をぎゅっと抱きしめ、その温もりを全身で感じる。

貧しいけれど、不思議と僕の心は喜びで満たされていた。

そんな日々を過ごし、冬が目前に迫った秋の終わり。突然教会の神官が孤児院を訪ねてきて、魔力持ちの子供がいれば引き取ると言ってきた。

僕は、なんとなく自分に魔力があることはわかっていた。じゃなきゃ、自分より体格のいいやつをぶっとばせるわけないもん。

それに、孤児院の経営状況がかなり悪化して、おそらく今年の冬を越せないことも、同じくわかっていた。

だから、食いぶちが一人でも減ればという思いで、教会の魔力測定を受けたのだ。

教会が忌《い》み嫌う、闇のような黒を持つ僕には、皮肉なことに聖魔法の適性と高い魔力量があった。

僕を引き取る代わりに、孤児院の運営を教会が援助する。僕と教会の利害が一致したこともあって、とんとん拍子に話は纏《まと》まった。

今思い出してみると、かなり買い叩かれたとわかるはした金で、孤児院の皆が止めるのも聞かずに、僕は支度金という名の身売り代を置いて孤児院を後にした。

僕の見目が無駄に整っていることを知ったのは、教会に入ってからだった。

僕の身体を厭《いや》らしい目つきで見る大人達を跳ね除け、身を守るために汚いこともたくさん覚えた。教会で生きていくには、人を蹴落とすことに必死にならざるを得なかった。

魔力量だけは年の割に飛び抜けてたことと、ある程度年齢のいった高魔力持ちは王都に行くってことも幸いして、大人に迫られても逃げ切れた。

後は残されたちっぽけな正義感で、教会内の汚い仕事を、こっそりと邪魔しては失敗させての繰り返し。

清く美しい聖魔法の適性があるから、回復魔法だって使えるっていうのに、やってることはものの見事に真っ黒だった。

そんなこんなで十二歳になった時。

突然、王立魔法学園の入学試験を受けろときたもんだ。これ以上の面倒はごめんだと断ったら、ヒラから神官にしてくれるって言うものだから、仕方なく引き受けた。

付け焼刃もいいところだけど、マナーを叩きこまれて試験を受けると、結果は僕だけ受かって他の人は全滅。

それほどまでしても学園に送り込みたいことに、嫌な予感はしてた……でも、もともと拒否権なんてないようなもんだし。それならいい条件を出してくれる間にってやつ。

そのまま入学するまで、僕を学園に入れたい目的を知らされることはなかった。

そして僕は学園都市に送られ、つかの間の普通の暮らしに近いものを体験することになる。

今まで大勢の人間と雑魚寝《ざこね》しか経験したことがない僕は、狭いながらも一人部屋を手に入れた。

学園での生活は猫を被んないとだけど、それにも勝《まさ》る自由に僕は喜びを感じていたのだ。

でも、その自由もあっさり破られることになる。

学園都市は、子供に特別な思想を植えつけさせないために、学園の生徒でもない限り教会の人間は入れない。

だから、僕のところに学園都市内の治癒の依頼が、連日山のように舞い込んできた。

魔力切れぎりぎりまで治癒師としてこき使われる毎日。

やっぱりここでも自分の立場は変わらないのか……と落胆《らくたん》を覚えていたその時、容姿はわからないけれど人を捜《さが》せなんて、明らかにヤバそうな命令を教会から言い渡された。

とうとう、悪事は悪事でも一線を越える時がきたのだろうか。とうの昔になくなったと思っていた良心が今更むくむくと湧いてきて、胸が痛んだ。

孤児院を出てから僕はいつだって孤独で、世界は真っ暗で冷たかった。

あの人と出会うまでは……

僕よりツイてなさそうな同年の女の子――レーナ様。彼女の手によって、僕を雁字搦《がんじがら》めにしてたものは実にあっけなく消え去った。

僕は彼女のおかげで、本当に教会から自由になった。

教会という後ろ盾がなくなったため、これまでお金のことなんて考えたことがないだろう金持ちの令嬢が、養うと言ってきたのだ。

まあ、そう啖呵《たんか》を切ったくせにお金はくれないけど。

教会から頼まれていた治癒師の仕事を、他にやり手がいないからと引き続き行うことで、お金はなんとかなったからよしとしよう。

僕に命令していた教会の人間は学園からいなくなったし、魔剣もレーナ様の中で死蔵。

孤児院が手遅れだったことだけは心残りだけれど……孤児だった僕にはもったいないほどの話が舞い込んできた。

レーナ様の父である、アーヴァイン公爵から後見人の件で話があると言われたのだ。

僕の主《あるじ》であるレーナ様は身分こそ高いけれど、まだ子供。実質僕の援助をすることになるのは、彼女の父であるアーヴァイン公爵だ。もちろん僕は、その話にすぐに飛びついた。

フォルト様の家に滞在を許された僕は、ただの平民にもかかわらず、ずいぶんとよくしてもらった。

フォルト様はこっちが心配になるほどほーんとお人好しで、身分は違っても友達のように接してくれた。

そんな折に公爵様から、教会の治癒師が少なくなったため人手が足りない。力を貸してもらえないかと言われたので、後ろ盾が欲しかった僕は二つ返事で承諾した。

しかも治療費は、僕がそのまま受け取っていいという破格の条件だった。

まぁ、それは結局、魔法省が裏から手を回して、僕をアンバーに足止めするためだったんだけど。

この時の僕は、ちょっと自分に幸運なことが続いたせいで、これまでの人生のしがらみなんか簡単にリセットできたと思い込んでいた。

いわゆる平和ボケってやつだよね。


「――はい、もう大丈夫ですよ」

アンバーに来てからというもの、僕は治癒師として淡々と日々流れ作業で業務をこなしていた。

「ありがとうございます」

そう言って、先ほど治癒を終えた男が僕にお金を握らせた。

治療費は僕がもらっていいことになっている。僕はありがたく男から銀貨を十枚ばかり受け取った。

しかし、手の中に違和感を覚えて指を解くと、掌にはお金だけじゃなくメモの切れ端もあった。

小さなメモには、『見つけたシオン』と一言だけ書かれている。はっとして前を向くと、先ほどの男はすでに部屋を後にしていた。

治癒師の大半は教会のお抱え。治癒魔法を大々的に使用していれば、教会の残党が接触してくるのも不思議ではない。

案の定、次の日も例の男はやってきた。

ご丁寧に、昨日僕が治療した左腕をまた深く傷つけて。
日よけ用の布を被っているので、男の顔がよくわからない。
そして、去り際に、前日と同じようにメモを渡された。
『裏切ったのか？』
メモにはそう記《しる》されていた。
教会がまだ僕を捜《さが》していること、そして恨んでいることを悟り、背筋がゾッとする。
男は、日を空けずしてまたやってきた。僕が治したはずの左腕を怪我して。
『魔剣』
メモを見るたびに、彼らの狙いが明確になっていく。
グスタフは捕まった。氷漬けになったのを、この目で見たのだから。
学園にいた僕以外の信者も捕まった。
あの男は教会の人間で間違いないんだろうけれど……
せっかく縁が切れたと思っていたのに、また教会に引き戻そうとするやつがいる。
レーナ様に相談する？
いや、駄目だ。これ以上、あの人を危険な目に遭わせるわけにはいかない。
それに、公爵様から養子を考えていると言われたこのタイミングで疑われたくない。
『持っているのはどっち？』
『弱みでも握られているのか？　逃げるのを手伝おうか？』

僕がなにも言わないのをいいことに、男は連日訪れては、メモを押しつけてきた。

それを見るたびにテンションがどんどん下がる。

誰かはわかんないけど、狙いはグスタフの魔剣。

そして、幸い男はレーナ様と僕、どちらが魔剣を持っているのかわかっていない。

レーナ様の身体の中にあることが奴に知られる前に、なにか手を打たないと、いずれ彼女が狙われてしまう。

どうにかしてレーナ様に、自分がまだ狙われているかもと危機感を持ってもらうことはできないだろうか……

考えた末僕は、あえてグスタフの特徴を交えた怖い話を、面白半分にフォルト様の家に来た外商に話した。

外商は特定の家を回る。

フォルト様の家にやってきた外商は、レーナ様やアンナ様、ミリー様の家を回る可能性が高い。

レーナ様は無駄に勘だけは鋭いから、これだけヒントをちりばめた話をどこかから聞けば、グスタフや彼の仲間が自分を狙っていると考えるかもしれない。

そして、命大事にと家に籠もるはず。

教会の主力メンバーはすでに抜けたから、残っている連中は大した力のない奴らばかり。

だから、レーナ様が家に籠もってさえいてくれれば、厳重な公爵家の警備を潜《くぐ》り抜けることなんて教会の残党にはできない。

まぁその後、魔法省にお話をと言われた末、やんわりと拘束されたり、レーナ様が死にそうになったりして……

やっと噂がレーナ様の耳に届いたと思ったタイミングで、土砂崩れの件で呼び出されるし。

教会の残党が消えたってリオンが言った時、嫌な予感はしてた。

でも、まさか残った奴らが公爵様の不在を狙って、大きなことをしでかすとは考えていなかった。

そんな度胸も実力もないと思っていたから。

土砂崩れの調査に向かう途中、教会の人間が出入りしてることを示すマークの残された横道を発見してしまった。

僕は教会が手を染めていた、すべての悪事を認識しているわけではない。でも、治癒魔法が使えない人間が、お金を稼ぐためにどんなことをしそうか大体想像はつく。

一年中温暖なアンバーと、クライストを繋ぐ街道を封鎖する理由。厳しくなった教会の人間の取り締まり。そして街道の中で見つけた横道。

これらから導き出される結論に、僕は吐き気を覚えた。

レーナ様じゃないけど、違えば違ったでいい。

でも、もし僕の仮説が当たっていたら、とっても厄介なことになる。

奴らは優秀な治癒師がいなくなったから、きっとお金に困ってる。教会の信者の数は多いから、全員の顔を覚えることはさすがに難しい。仮に、街道を封鎖していた人間が教会の関係者だとしたら、その仲間がオルフェの森に残ってる可能性は高い。

レーナ様と鉢合わせしないように、なんとか食い止めないと。

まぁ、うまくやればいい。

いつもみたくやればいい。

僕はもう見えなくなったレーナ様を振り返り、再び前を向いて走り続けた。

さぁ、僕の仮説が真実かどうか確かめに行こう。

魔力は、あとどれくらい残ってる？

◆
◇
◆

シオンが行ってしまった。

ポツンと一人残されて、寂しさと不安が胸を襲う。

しかし、私はそれを振り切るように、パンッと頬を両手で叩いた。

いつまでも馬と一緒に立ち止まっている場合ではない。

手綱《たづな》を握り直し、しっかりと座り直して、教えてもらった操作を思い出す。足で軽くポンポンと二度合図すると、馬は小さく嘶《いなな》きゆっくりと進み始めた。

シオンはなにかに気づき、このままではダメだと判断して私から離れたのだ。

またしても私は置いてけぼり……

情けなさと不甲斐なさで、自然と目の前が霞んでいく。

必死に泣くのを我慢している私の鼻からは、みっともなく鼻水が垂れる。

それを手で荒く拭ってから、私は手綱《たづな》をしっかりと持ち、できるだけ姿勢を低くして馬にしがみついた。

早く駆けろ、早く、早く。

戦う力のない自分。皆を手助けできないのがもどかしい。

後から後から溢れてくる涙を懸命に拭っていると、私の不安が伝わったのか、突然馬が暴れ始めた。

必死に馬を宥《なだ》めようとするものの、習った通りにうまくいかない。

シオンの言葉を借りるとすれば、ポンコツである。

もう、本当にツイてないわ……

馬が上半身を上げ、振り落とされそうになった、その瞬間。

「レーナ嬢！」

聞き覚えのある声が聞こえたと思うと、誰かが器用に私の後ろに乗り込み、手綱《たづな》を握った。

的確な手綱捌《たづなさば》きで、馬はすぐに落ち着きを取り戻す。

涙でぐちゃぐちゃの顔で振り返ると、そこにはフォルトが困惑した表情で座っていた。フォルトと一緒にアンバーに戻った魔法省の職員と、ジークの従者・カミルもいる。

私はどうやら無事街道を走り切り、アンバー領側の街まで戻ってこられたようだ。

「レーナ嬢、大丈夫か？　一人でどうしたんだ？」

私の酷い顔を見たフォルトが、ぎょっと目を瞠《みは》る。

「シオンが大変なの。助けて……」

ズビズビと鼻水をすすりながら、シオンと別れた時の状況をたどたどしく説明した。

一刻も早くシオンの後を追わなくっちゃ。

私にはなにも言ってくれなかったけれど、あの様子はただ事ではなかった。

しかし、魔法省の職員もフォルトも、すぐに彼の捜索に向かうのは無理だと言う。

それでも、と食い下がる私に、フォルトは悲しそうな顔で首を横に振った。

「魔法省の職員が増援を呼びに向かっている。もう少し待てば彼らが来るから、合流して動こう」

待っている場合ではないのだ。

「待っている間にシオンになにかあったら……」

不安から勝手に涙が流れ出す。フォルトはそれを拭いながら、苦しげに告げた。

「レーナ嬢は公爵令嬢。危険な目に遭わせるわけにはいかない。だから、シオンはお前を先にこちらにやったんだ。だから、今、戻らせるわけにはいかない」

すると、ずっとこちらの様子を窺《うかが》っていたカミルが、切羽詰まった顔で口を開いた。

「レーナ様、ジーク様は……！」

私の取り乱した姿を見て、加えてジークの姿が見えないとなれば、当然の反応だろう。

「クライスト領の魔法省に、リオンとともにいるはずです。私とシオンは外で待っていたのですが、急に職員と思われる男に襲撃され、はぐれてしまいました。リオンは魔剣を持っておりますし、私と血の盟約を結んでおりますから裏切ることはない。きっと、ジーク様は大丈夫だと思います」

消えた私をジークが単騎で追いかけてこなければ、の話だけれど……

「やはり、無理にでもついて行くべきだった。……クライストの魔法省に行けたということは……土砂は崩れてなかったのですね？」

カミルは冷静さを取り戻し、質問してきた。

「はい、崩れてなどいませんでした」

私がそう言うと、カミルは勢いよく馬にまたがった。

彼はこのまま街道を通り、ジークの無事を確認するために、クライスト領へと向かうつもりだろう。

「待って。シオンが途中で引き返したので、もしかしたら敵がいるかも」

「なにを言われても、ジーク様のご無事を確かめに参ります」

カミルは口を引き結び、決意を固めた顔で言う。

その時、街道から突如なにかが現れた。

それは――馬に乗ったシオンだった。

「シオン！」

思わぬ再会に、私はフォルトを押しのけて馬を降り、彼に近づこうとする。しかし、そこではたとあることに気づいた。

シオンは馬を降りて私と別れたはず。

なのに、どうして別の馬に乗っているの……？

フォルトも、シオンが別の馬で現れたことに違和感を抱いたのだろう。

私が貸したLUCKYネックレスをこちらに押しつけ、

「レーナ嬢は下がれ」

私を庇《かば》うようにして前に立った。

シオンは私と目が合うと、微笑んだ。

なにかをたくらむ、悪い顔で。

「レーナ様……こちらに来ていただけませんか？」

口調はいつものくだけたものではない。

無事でよかったという安堵《あんど》と、得体のしれない不安が胸の中で入り混じる。

どうしよう……

シオンが今更私を裏切るとは思えない。

ましてや、私とシオンの間には血の盟約が結ばれている。

たとえポンコツの主《あるじ》でも、シオンは私を害すれば苦痛を感じると言っていた。だから、シオンが私を害することができるとは考えられない。

シオンは、馬から降りて手綱《たづな》を引きながらこちらにやってくる。

私の前に立ちふさがるフォルトが、護身用に腰に下げている剣を抜きシオンに向けた。

「無事でよかった。ところでシオン、レーナ嬢になんの用だ？」

「ごめんね、フォルト様。少しレーナ様とお話ししたいことがあるんですよ〜。だから退いてもらえませんか？」

シオンは躊躇《ちゅうちょ》することなく、フォルトの剣の間合いに入る。

アンバーに来てから、ずっとシオンと一緒にいたフォルトは、シオンに剣を振ることができず、ぎゅっと柄《つか》を握りしめた。

その様子を見て、シオンはふっと小さく笑うと、一瞬にして視界から消えた。フォルトの背後に回り込み、その首筋に手をそっと当てる。

途端に、フォルトはその場に倒れ込んだ。

「フォルト！」

私じゃ、シオンとやり合っても勝てるはずない。

できることといえば、先ほど返してもらったＬＵＣＫＹネックレス様を握りしめるくらいだ。

そのままシオンは私と距離を詰める。私が相手なら使う必要もないのに、身体強化して一瞬で。

そして、「倒れて」と耳元で言ったのだ。

次の瞬間、シオンの手が私の首元にとんっと触れる。

なにも違和感はないけど、私は指示されたように、よろよろとフォルトの上に覆い被さった。

「他の皆さんもごめんね……来ないでね」

フォルトの剣を奪い、残された人々に刃先を向けながらシオンが言う。

私は、下敷きになっているフォルトに小声で話しかけた。

『意識はある？』

『あぁ』

やっぱりフォルトが倒れたのも演技だったのだ。

状況を整理するためにも、フォルトと話したかったけれど、それは叶わなかった。

シオンが私を肩に担いだからだ。

カランッと音がして、シオンが剣を捨てたのがわかった。

「僕らを追いかけるよりも、魔法省に連れて行ってフォルト様を治療したほうがいいよ。その人、アンバー領の領主候補でしょ」

シオンはそう吐き捨てると、馬に飛び乗り走り出した。

馬で走りながら、シオンは器用に肩から私を下ろし、自分の前に座らせた。

「気絶した振りしてて」

シオンがそう私に耳打ちをしたので、私は目を瞑《つむ》ったまま、馬に揺られた。

しばらくすると、馬が複数駆けてくる音がして、シオンは誰かと合流したようだった。

「見ての通り連れてきた。追手が来るかも」

シオンが固い声で言う。

「逃げたらどうしようかと思ったが、教会にいた頃と変わっていないようで安心したよ。また仲良くしようじゃないか、シオン」

男はシオンの返答を聞くと、パチパチと拍手をする。

「ゲスが……僕がレーナ様を攫《さら》ったところで、すぐに魔法省の追手が来る」

シオンが低い声でそう囁いた。

「上官への口の利き方には気をつけろよ。教会にいた頃にさんざん言っただろう、シオン。私がお前の運命をすべて握っているのだということを忘れるな……。よし、お前達、すぐに隠れ家へ戻る準備をしろ。街道をふさがせていた奴らは、先に向かわせたからな」

リーダーらしき男の命令に続いて、複数人の男達が「おぉー」と声をあげた。

「魔法省の追手は俺達を見つけられない。『これ』がこちらにある限り。俺が捕まれば困るのはお前だぞ、シオン」

男はシオンに凄《すご》むと、ニヤリと笑ったようだった。

シオンが私を支える手に、力が入る。

「……わかりました」

不服と言わんばかりの口ぶりで、シオンは頷く。

「そう、それでいい」

男は満足げに笑うと、一行は馬を走らせ始めた。

今どこを走っているのか気になるけど、気絶した振りをしてろと言われた手前、目を開けられない。

ただ、わかったことは、会話から男はシオンの上官……つまり教会の人間。

そして土砂崩れ騒動は、シオンが懸念した通り、教会の残党による仕業だったってわけだ。

山の中を進んでいるようで、馬上がすごく揺れたけれど、シオンが時折気を利かせて治癒をしてくれるから、お尻の痛みで悩まされることはなかった。

それからどれほどの距離を、馬に揺られたのだろう。

『気絶した振りしてて』と言われてから次の指示がないから、私はずっと目を閉じ続ける羽目になっている。

大人しくシオンにもたれかかっていると、どんどん馬の揺れが心地よくなっていく。乗馬において一番私を苦しめてきたお尻の痛みも、シオンのおかげでほとんど感じない。

そして、私はこんな緊迫した状況にもかかわらず……つい眠ってしまったのだ。


次に気がついた時、私は簡易なベッドの上に寝かされていた。

あんな状況にもかかわらず、すっかり熟睡してしまった。我ながら図太い。

うっすらと目を開けると、何人かの男がベッドに横たわる私を見下ろしていた。

人間驚くと案外声を出せないもので、口から小さく「ヒッ」と漏《も》れるに留まった。

「死んだら取り出せない」

周りにいる男の一人がそう呟いた。

男達の年齢は若い人から、おじいちゃんに片足を突っ込んでいる人までさまざまだ。

体型もバラバラだけれども、白い髪と金色の瞳の両方、もしくは両方でなくともどちらかの特徴を持っている人物が多い。

これだけ同じような特徴を兼ね備えている人がいれば、嫌でもわかる。

この色を持ち集う連中、こいつらは教会の残党で間違いない。

そういえばクライスト領で私とシオンを襲った男も、ここにいる連中と同じ、白い髪と金の瞳を持っていた。

「起きたか？」

薄気味悪い笑みを浮かべて部屋に入ってきたのは、初老の男だった。

教会の人間の特徴である白髪を後ろに撫でつけ、鋭い金色の瞳でこちらを見据えている。小太りのグスタフとは違い、引き締まった体型だ。

「よかったな、お姫様が起きて」

男は皮肉っぽく言い、私に向かってなにかを投げた。

思わず目を閉じて両手で頭を守ろうとすると、鈍い音がして、私が寝ているベッドが衝撃で揺れる。

「うぅ」

短いうめき声。その声には聞き覚えがあった。驚いて声の方向を見ると、そこには身体を九十度に曲げて苦悶《くもん》に喘《あえ》ぐシオンがいた。

男が軽々と投げたのは、彼だったのだ。

すでに一発殴られたのか、頬は赤く腫《は》れている。

しかし、この程度の怪我、治癒魔法ですぐに治せるはず。なのに、どうしてシオンは使わないのだろうか？

「ほら、お前の仕事だ。うまくやれば治癒魔法を使うことを許そう」

すると、シオンを投げた男はそう言ってシオンを小突く。

もしかして魔力が枯渇《こかつ》して治せないの？

そう思ったけれど、魔力切れの症状を起こしている感じはしない。

シオンは背中を押さえてヨロヨロと立ち上がり、ベッドの上の私を見下ろした。

シオンの意図がわからなくて、私は不安げに彼を見上げる。

「ごめんね、レーナ様。魔剣出してもらえる？」

そんなことを言われても、私が魔剣を取り出せないことを、シオンはわかっているはずだ。

何人もの視線が私に突き刺さる。

「できないわ」

周りで見ていた男達が、私の返答に苛立った様子で一歩踏み出した。

「おい、止めろ」

それを先ほどシオンを投げた男が短く制する。

囲んでいた男達は彼の迫力に押されて、しぶしぶ後ろに下がった。

私が死ねば、魔剣を取り出すことは永久に不可能になる。男が私の扱いに注意するのは、なんとなくわかるような気がした。

まぁ、私の魔力量じゃ出せないんだけど。

尋常じゃない魔力を吸収しないと作製できない剣――魔剣。

そんな剣、そう何本も作れるものではない。

私が自ら命を断つ可能性があるから、万が一を考えて、男は私と親しいシオンを交渉役としているのだと思う。

問題は、シオンがどうしてこんなことを引き受けたかよね。

話を聞いていると、どうも教会にいた頃の上官は、なんらかのシオンの弱みを握っているみたいだ。そのせいで従わざるを得ないという感じなのだろう。

でも、私とシオンは血の盟約を結んでいるので、彼が私に致命傷になるような怪我を負わせることはできないはず。

前はあんなに目と目で通じ合えたというのに、今のシオンはなにを考えているのかちっともわからない。

「シオン、ここは一体どこなのですか？」

私はいつもシオンを相手にする時の砕けた口調ではなく、あえて令嬢らしく振る舞う。

「それは答えられない」

シオンはそう言って、首を横に振った。

「目的はなんですか？　お金……というわけではございませんよね？」

「そうだね。少しでも情報収集したいのかな？　けど、ごめんね。なにも教えられない。もう一度言うね。魔剣を取り出してもらえないかな、レーナ様」

取り出せるもんだったら、とっくに取り出している。

いつまでこの不毛な会話を続けるのか。

シオンは私になるべく早く魔剣を出すように促す。

そんな会話がどれくらい繰り返されたのだろうか。突如、目の前にいたシオンが吹っ飛んだ。

先ほどシオンを放り投げた男が、彼を吹き飛ばしたのである。

壁にぶつかった鈍い音と、シオンの痛みを押し殺したような声が室内に響く。

「シオン！」

私はベッドを下りて、シオンのもとに駆け寄った。

シオンに伸ばした手は、やんわりと彼によって払われる。

「なるほど、傷めつければ駆け寄るくらいには、情を持っているようでほっとしたよ」

パチパチパチと拍手をしながら、男は私に向かってそう言った。

緊張感の漂う室内に、場違いな拍手が鳴り響く。

それから男は、私に見せつけるかのようにシオンの前髪を掴み、彼の顔を無理やり引き上げた。

シオンの顔が苦痛に歪《ゆが》む。

「ほら、見たまえ。ずいぶんといい顔になっただろ？」

シオンは唇を噛み、グッと痛みを耐えていた。

男は気色悪い笑い声をあげると、視線を私に向ける。

「さてさて、手法を変えることとしよう。魔剣を出したまえ。拒否するたびに、シオンを一発ずつ殴る」

「なっ……」

男の言葉に愕然《がくぜん》とし、私は言葉を失う。

男はシオンの髪から手を放し、彼の顎を掴んで、その顔を覗き込む。そして口の端を吊り上げて、厭《いや》らしい笑みを見せる。

「お前が一発でも避けたら、孤児院の連中にはもう二度と会えない」

「……ゲスめ」

シオンは口の中から、血が混じった唾を吐いた。

しかし、抵抗して逃げる様子はない。

孤児院って……シオンが教会に縛られていた原因だ。

でも、シオンがいた孤児院は、すでに跡形もなくなっていたんじゃなかったの？

孤児院にいた人達は、生きていたってこと？

孤児院を守るために、第二王子暗殺という危険な命令も呑んだくらいだ。

もし本当に生きているとすると、シオンは逃げずに男からの暴行を受けるに違いない。

「魔剣を出す気はないようだな。では一発目」

男は目を細めると、大きく拳を振り上げた。

今のシオンにこの一発はまずいんじゃないの？

——とにかく止めなきゃ！

自然と身体がシオンの前に出た。私は殴られる衝撃に備えて目を瞑《つむ》る。

バシンッと鈍い音が部屋に響いたけれど、私に痛みが走ることはなかった。

おそるおそる目を開けると、私と男の間にシオンが入り、男の拳を両手で受け止めている。

今更恐怖が一気に襲ってきて、私はへなへなと地面にへたり込んだ。

「シオン、命令違反したらどうなるか覚えているのか？」

男は冷たい瞳でシオンを睥睨《へいげい》する。だが、シオンはなにも言わない。

「聞いているのか⁉　孤児院にいた連中の行方《ゆくえ》がわからなくなるぞ。さぁ、手を放せ！」

「嫌だね」

シオンはギリッと奥歯を噛みながら、男を睨みつける。そんなシオンを前に、男は血走った目で、唾を吐き散らしつつがなった。

「命令を守れッ！」

「無駄だよ。あんたの命令はもう聞かない」

はっきりとシオンが宣言した、その時――

ゴーッという風の音が聞こえたかと思えば、バリバリと大きな音を立てて、建物の屋根が吹き飛んでいった。

台風でもないのに、屋根が飛ぶほどの風が発生するとは考えにくい。

状況が全然わからないんですけど……！

突如天井がなくなったことで、私だけではなく部屋にいた皆が戸惑っていた。

それは、シオンと睨み合っていた男も例外ではない。

「風魔法だ！　魔法省の奴ら、俺らの居場所が見えないから、手当たり次第にぶっぱなしてきたぞ！」

室内にいた誰かが、そう声を荒《あら》らげた。

「どうしてここが」だの「早く逃げるぞ、できるだけ、例のものを持て」だの言いながら、男達が慌ただしく動き始める。

呆気に取られていた男は、はっとしてシオンを見据える。

「シオン、まさか……」

「御名答。僕は、最初からあんたの下についたつもりなんてなかったんだよ。だって、事前の調査で孤児院はとっくになくなってて、皆死んだって聞いてたし。僕は皆の遺体を捜《さが》し出して、弔《とむら》ってあげなきゃいけないいんだから」

シオンは自嘲気味に笑うと、身体強化を使い男の手を曲げては駄目な方向に、百八十度ターンする。

「グァアァアァアッ！」

ゴキッという鈍い音とともに、男の野太い悲鳴があがった。

シオンがようやく手を放すと、男は床に崩れ落ちる。

間髪を容れず、シオンは男の背に乗り腕を捻《ひね》り上げ、その首筋に触れた。

シオンは悪意のある魔力を、男の中に送り込もうとしているのだろう。

シオンを止めようと、男達はじりじりと彼ににじり寄る。

そんな男達に余裕たっぷりに笑ってみせたシオンは、自身が殴られて負った傷をあっという間に治して見せた。

格の違いを見せつけられた残党達は、息を呑みその場に棒立ちになる。

ひぃぃっ、と悲鳴をあげたのは誰だったのか……

「さて。上官長様には、ずいぶんとお世話になりました。なにか最後に言いたいことある？」

シオンが尋ねると、組み敷かれた男は大きな声をあげて笑った。

「孤児の死体など見つかるはずがない。本当に生きているのだから。これだけ大規模にケシを栽培しても、これまで魔法省は農園を見つけられなかった。人を隠すことなど、造作もない」

――ケシって、麻薬の材料よね。どういうこと⁉

不穏な言葉に戸惑う私を置いて、男は余裕たっぷりに続けた。

「殺すなんてもったいないからな。あいつらには使い道があったのさ。麻薬の効能は、実際に使ってみないとわからない。でも、俺達が試すなんて危ないことできないだろう？　後はわかるよな？　誰で試すのか。……シオン、命令だ。俺の怪我を治せ」

男にきつく睨まれたシオンは、表情を硬くしながら口を開いた。

「そんなこと……信じるわけないじゃん」

シオンはそう言ったものの、先ほどまでの勢いがない。

「確かに俺が捕えているのは、孤児院にいた全員ではない。覚えているかな、ジェイド、マルガ、シリウス……ノア院長」

おそらく男が挙げた名前は、シオンが大切にしていた孤児院の人達のものだ。

シオンの顔からみるみる血の気が引いていく。

だめ、このままじゃ男の思う壺だわ！

「シオン、耳を貸したら駄目よ」

私がシオンに呼びかけると、男はニタリと下品な笑みを向ける。

「レーナ様もせーーっかく手に入れた、優秀な治癒師を手放したくないんだろう。だから、孤児院にいた奴らが生きていることを、あえて言わなかったんじゃないか？」

シオンは不安げな瞳で私を見つめた。

「そんなことしないわ」

「そうか、でもレーナ様のお父上である領主様は？　一人娘が怪我などしないように、優秀な治癒師なら傍に置いておきたいと考えただろう。孤児院の人間が生きていたら、シオンはそちらを優先するかもしれない。だからシオンには伝えなかったとは、考えられないか？」

男が言葉を紡《つむ》ぐたび、ハッハッとシオンの息が上がり、表情が苦しげなものになる。

シオンの様子がおかしい。どうなっているの？

シオンは自分の手を首に何度も当てて、治癒魔法を試みているようだ。

けれど、息は荒くなるばかりで一向に治まる気配がない。

「過呼吸は怪我ではないから、治癒魔法ではどうすることもできないぞ」

「嘘だ!!」

シオンは男に向かって目を剥《む》いて叫ぶと、喉をヒューヒューと鳴らし続ける。

「存分にやってみればいいさ」

首筋から手が放れた男は、上に乗っていたシオンを簡単に振り落とした。

立ち上がった男のもとに残党達が駆け寄ると、治癒魔法を一斉に施した。彼らもシオンと同じ、聖魔法の使い手らしい。たちまち、男のぷらぷらとしていた手が治る。

「周囲から見えなくしてくれる、認識阻害の魔道具も万能じゃない。万が一破られでもしたら、魔法省がすぐにここを嗅ぎつけるだろう。欲をかくのはよくないな。シオンはここで捨て置く。魔剣を持っているレーナ様だけでいい。後は薬をできるだけ持って、ずらかるぞ」

男が指示を出すと、残党達は各々動き始めた。

シオンは荒い呼吸のまま、男から私を守るみたいにして立つ。

そんな彼を見て、男は馬鹿にした風に鼻で笑った。

「魔力量が少ない人間には、少ないなりの戦い方があるんだ。覚えておきたまえ。経験不足だな、シオン。孤児院の皆も、お前に酷く会いたがっていたよ」

荒い息を吐き続けるシオンに、とてもとても優しく男は語りかけた。

「ゲームオーバーだ、シオン」

シオンルートのバッドエンディングのような台詞《せりふ》の後、男は私の前に立つシオンをあっさりと退け、私の腕を掴み担ぎ上げた。

おそらく魔法省の援軍がすぐそこまで来ている。

……時間を稼がなきゃ！

手足を思いっきりばたつかせて抵抗を試みるも、男に簡単に封じられてしまう。

「魔法省の職員が近くまで来ている。我々はここからすぐに出て行きたい。レーナ様の態度によっては、シオンを見逃してもいい。抵抗を止めていただけますね？」

床に這《は》いつくばったシオンが顔を上げ、駄目だと懸命に首を横に振る。

男は見抜いたのだ。私にはシオンを犠牲《ぎせい》にする選択ができないことを……

私は、抵抗を止めた。

シオンを助けるために止めたんじゃない。自分の判断で誰かが殺されることが受け入れられなくて、抵抗を止めたのだ。

「よろしい、行きましょう。おい、馬の用意を」

残党がドアを開け、私は建物の外に連れ出された。

担がれた状態で私が見たのは、見渡す限り紫の花が咲き乱れる花畑だった。

捕らわれていた建物がポツンと建つだけで、他に遮るものはなにもない。

見事としか言いようのない美しい花畑であった。花畑を囲むように、棘《とげ》のある低木が植えられている。

男はケシを栽培していると言っていた。

この花がすべてケシの花だとすれば、一体どれほどの麻薬が作れるのだろう。

そして、どれだけの人がここで生成された麻薬によって、人生を棒に振ることになっただろう……

考えるだけで、背筋がゾクリとした。

「上官長様、大変です。馬になにか盛られたようです。泡を吹いて倒れております。これでは麻薬を持ち出せません。いかがいたしましょう」

大きな袋を抱えた男が、焦った表情で男――上官長に指示を仰《あお》いだ。

「まさか……シオン」

上官長は先ほど出てきた扉を振り返る。地面に倒れたままのシオンが、途切れ途切れに呟いた。

「ざ……まあみろ」

シオン、ナイス!?

馬と徒歩なら移動のスピードが全然違う。

「……背負えない分は、捨てろ。捕まったら全部台無しになるぞ。捕まりさえしなければ、またやり直せる。こちらには認識阻害の魔道具があるのだからな」

上官長は悔しげにシオンを睨んだ後、そう言い放った。

先ほど、魔法省は広範囲に及ぶ風魔法を放ち、それが届く距離には近づいているはず。

それに移動は徒歩だし、認識阻害の魔道具さえなんとかすれば、助かるかもしれないけれど……

この魔道具がどういったものなのかよくわからない。

これほど広大なケシの栽培地を隠せたくらいだ。今うまく魔法省を撒《ま》いて、身を隠せたら、二度とシオンやフォルト、ジークに会うことは叶わなくなるかもしれない。

そうこうしている間にも、男達は荷物を厳選して歩き出している。

魔法を使っているのだろうか、普通の人より歩く速度が早い。

先ほどまで捕らわれていた建物は、あっという間に小さくなってしまった。

このままじゃまずいわ。どうしよう……

焦る私は、男の手の中に灯《とも》るランプの存在に気がついた。

まだ日も高いと言うのに……どうして、皆はランプの灯りが点いていることを指摘しないの？

……もしかして、このランプこそが認識阻害の魔道具なんじゃないかしら。

そうだとすれば、昼間に不自然にランプを点けていても、誰もなにも言わないことにもすべて説明がついてしまう。

これが魔道具だとすれば、壊したら周囲に私達の存在が見えるようになるのかも。

奪い取って、力任せに地面に叩きつけて壊す……？

問題は、これが魔道具ではなかった場合。

私が魔道具を壊そうとしていると残党達が悟ったら、本物の魔道具を壊されないように対策を立てられてしまう。

そうなったら、認識阻害の魔道具を壊すチャンスなどもう来ない。

慎重にタイミングを窺《うかが》うの。

失敗は許されないわ。

◆
◇
◆

ヒューヒューと喉が鳴る。

どれだけ治癒魔法を使っても、僕は苦しみから逃れることはできなかった。

こんなに苦しくて、苦しくて仕方ないのに、魔法を使っても治らないのは、上官が言った通り僕の身体に異常はないからだ。

魔法を使っても無駄だと頭ではわかっていても、僕は治癒魔法を使い続けた。

もう駄目だ。レーナ様は行ってしまった。

こうしている間にも、大切な主《あるじ》は手の届かない場所に連れていかれようとしている。

非力な自分に怒りを覚え、自然と拳を固めた。

しばらくして、どういうわけか急激に周囲の温度が下がった。そして突然扉が開かれ、室内に光が差し込んだ。

誰かの人影と忌々《いまいま》しい紫の花が見える。

「遅かったか……」

口ぶりからして教会の人間じゃない。

馬は事前に潰しておいた。奴らは徒歩で、麻薬とレーナ様を背負って移動している。

今ならまだ間に合うかもしれない。

レーナ様が連れ去られたことを話さなきゃ……！

早く後を追ってと伝えたくて、逸《はや》る心とは裏腹に、僕の口からはヒューヒューと空気が漏《も》れるだけだ。

入ってきた人物は、僕には目もくれず辺りを漁る。

僕は立ち上がろうとしてバランスを崩し、傍にあったテーブルに手をついた。

すると、テーブルが倒れて大きな音を立て、その上に乗っていたコップが割れる。

その瞬間、ビクッとしてこちらを見たのは——ジーク様だった。

床に横たわる僕と目が合うと、急いで近づいてくる。

「すまない、気がつかなかった。過呼吸か？」

ジーク様は両眉を上げると、部屋の中から薄い革袋を見つけてきて、僕の口元に当てた。

「私も何度もなったことがある。大丈夫。そうやって革袋を口に当てて、自分の吐いた息を吸っていれば、死ぬほど苦しい時間は終わる」

言われた通りにやると、次第に手足のしびれが薄れていく。

息苦しさが完全になくなったわけではないが、先ほどより大分呼吸しやすくなり、パニックからは脱することができた。

思考がクリアになると、あることに気づいた。

ジーク様の他に魔法省の人間はおらず、一人だということに。

僕がきょろきょろと周囲を見回していたから、ジーク様もこちらの考えを悟ったようだ。少し眉を下げて、僕に向かって話しかけた。

「駆けつけたのが私一人ですまないね。クライストの魔法省に協力を得られて、途中でアンバー側の魔法省と合流し、事情を聞き一緒に捜索していたんだが……」

ジーク様は、一呼吸置いてから話を続けた。

「普通の森にしか見えないが、魔法省の職員の馬はなぜか進むのを嫌がる。職員が進むのに手間取っている間に、私の馬だけが奥へ奥へと進んでしまいはぐれてしまった」

そう言って、困ったようにジーク様は笑った。

「私の乗っていた馬がなにもない場所で急に止まったから、試しに氷魔法を使ってみた。すると、この小屋が突然現れたんだ」

革袋に吐いた息を吸いながら、僕は静かに頷く。かなり血の気が戻ってきた気がする。

そんな僕を見て、ジーク様は安堵《あんど》した様子で笑った後、表情を厳しく改めた。

「レーナはどこに？　ここにはシオンだけしかいないのかい？」

「レーナ様は、魔剣を狙われて教会の残党に連れ去られて……。ごめん、僕の心が弱くて、それで……」

そこまで言うと、勝手に涙が溢れそうになる。

レーナ様のこと、いつも弱いとか足手まといとか言っといて、一番弱かったのは僕だ。

いつの間にか唇を噛みしめていたようで、ピリッと皮の破れる音の後、口の中に鉄錆《てつさび》の味が広がる。

「……そうか。しかし、こんなに傷ついてまでレーナを守ってくれたのだろう？　よくやってくれた。どうか自分を責めないでくれ」

ジーク様は僕の顔を覗き込み、安心させるみたいに笑った。そして、視線を上に上げると、室内をぐるりと見回す。

「部屋の様子から、ここにいた連中が出て行って、それほど時間は経っていないよね？　あいにく今、魔力の痕跡を追える道具を持っていないし。連中がここに来る道中までのように見えないとなれば……手詰まりか」

ジーク様はそう言って、苦々しい顔をした。

「ジーク様は、あの花が見える？」

ようやく落ち着いた呼吸で、僕は尋ねた。僕の言葉を聞いて、ジーク様は扉の先に広がるケシの花畑を見つめる。

「おや？　この花畑は先ほどまでは見えてなかったな。あれはなんだい？」

「麻薬の材料になる、ケシの広大な花畑です。あと、一緒に植えてある低木には棘《とげ》があります」

僕が伝えると、ジーク様は片手を顎に当てた。

「馬が最初進むのを嫌がったのは、棘《とげ》のある木があるからか」

僕はジーク様に支えられ、よろよろと建物の外に出た。

すると嫌でも視界に、忌々《いまいま》しく紫色に咲き誇る花々が入ってくる。

「これが麻薬の材料だなんてぞっとするね。それにしても、先ほどまで見えなかったものが見えるようになったということは、なにか理由があるはずだ」

ジーク様はそう言って口元に手をやる。

「この辺り一帯は、認識阻害の魔道具が使われて見えないようになってたんだ。僕が教会から支給されて持っていた、髪と瞳の色を変えるアンクレットも、魔力を大量に使用するっていう欠陥があった。今回の魔道具もおそらく、完璧じゃない。なんらかの条件を満たせば破ることができるんだと思う。その証拠に、ジーク様は氷魔法を使ってみたら、この小屋が見えるようになった」

「なるほど。その魔道具の欠陥は、氷魔法の影響を受けると術が解ける可能性があるということか……。しかし、オルフェの森すべてを凍らせるなんて芸当は不可能」

難しい顔でジーク様は考え込む。

「簡単だよ。限られた範囲だけ凍らせながら進んで、魔道具を壊せばいい。魔道具が壊れちゃえば、認識阻害魔法は確実に解ける。それさえ解けちゃえば、魔法省の人達も奴らを見つけやすくなる」

僕はジーク様を見つめ、言葉を待った。

「確かに、私達が進む程度の範囲を凍らせ、残党を足止めすることは可能だと思う。ただ、シオン。君は、認識阻害の魔道具がどのようなものか知っているのか？」

ジーク様が真剣な顔で、今回の作戦で一番の重要事項を確認してきた。

「ランプ」

僕はそう一言告げると、ジーク様の肩をトンッと軽く押し、身体を離した。そして、身体強化して、満開に咲き誇るケシの花を踏みつけ走り出したのだった。

◆　◇　◆

私は背負われながら、ちらちらとランプを持った上官長の様子を窺《うかが》っていた。

ランプを持った彼だけは、麻薬の入った袋を持っていないし、鎌や棒などを用いて、鬱蒼《うっそう》と茂《しげ》る草花をかき分ける作業にも参加しない。

治癒魔法で都度体力を回復させながら進むため、移動速度が一向に落ちないのが大誤算だった。

治癒魔法で癒《いや》されてしまえば、疲れた隙を突くということができない。

その時、上官長が静かに手を上げた。

「来たぞ、追手だ。人質が逃げられないように抑えていろ」

上官長はランプを傍らにいた男に託《たく》し、私を地面に引きずり下ろした。私はすぐさま腕を後ろにひねり上げられ、口元を押さえられながら無理やりしゃがまされる。

ダメだ、動けない。

きっと近くに誰か来ているというのに……。

その時、辺りの気温が一気に下がった。

なにもしていなくても汗をかくほどの暑さだったのに、今は薄手の長袖では肌寒く感じるほどだ。

……私はこれを知っている。

リオンとのダンスレッスンの際、ジークがやったのと同じ現象だ。

ということは、ジークが近くまで来ている……⁉

『ここよ！』と飛び出したいけれど、上官長に拘束されていて動けない。

それに、魔道具の影響でジークは私のことが見えない。なんとか逃げ出したとしても、味方のところに辿り着く前に、私じゃすぐに捕まるに違いない。

ここは、ばれないように魔法を使って、どうにか安全に逃げるチャンスを掴まなければ。

私は、こっそり近くにあった草に魔力を注ぎ込んだ。以前、シオンを蔓《つる》で絡めた時のようにやればと思ったが、そううまくいかなかった。

たまたま掴んだ蔓《つる》に、棘《とげ》があったのだ。

思わず小さく声をあげた私に、上官長は私がなにかしようとしていたことを悟ったようだ。彼は一言も発しないまま、さらに強く私の腕をひねり上げた。

痛い。肩が抜けるんじゃないかしら。

「草木が倒れてるのがこの辺で終わってるから、絶対近くにいるはず……。立っていてくれたら見えたのに。草丈が高すぎて、どこに隠れてるかわかんない！」

聞こえてきたのは、焦ったシオンの声だった。

シオンは草木が倒れていると言っていた。魔道具の効果が発揮されていれば、それに気づくことはないだろう。もしかして、シオンには見えているのかもしれない。

シオンが私のことを見えるなら話は別だ。飛び出しさえすれば、きっとなんとかなる。

それにシオンは治癒魔法の使い手、怪我をしても癒《いや》してくれる。

……よし、やるわよ！

私は意を決して、口をふさぐ上官長の手に思いっきり噛みついた。

しかし、男もシオンがいることに気がついたようで、隠れている場所がばれないように、声をあげず唇を噛んで耐える。

そして、思いっきり噛みついた私を許すはずもなく――上官長の顔から冷静さが消えた。

ヤバイと思ったけれど、時すでに遅し。

男はひねり上げた私の腕を放し、口元を押さえたまま、私の首に手をかけたのだ。

ギュッと首がしまって、息苦しさがますます酷くなる。男の手を放そうと両手で抵抗を試みるが、非力な小娘の力では大人の男に適《かな》うはずもない。

意識が霞み始めた、その時だった。

「そこだ」

シオンがバッと現れて、私の上に乗る上官に蹴りをお見舞いする。

首から手が離れて、上官長が真横に吹っ飛ぶ。

私は、ゲホゲホとせき込みながら空気を吸い込んだ。

上官は体勢を立て直し、憎々しげな表情で蹴りを入れてきたシオンを見つめる。

「……シオン、どうして正確な位置がわかった！」

「血の盟約って便利だよね。主《あるじ》が危機に瀕《ひん》したら、隷属《れいぞく》側は主《あるじ》がどこにいるか正確な場所を探知できるんだから」

シオンは上官長を睥睨《へいげい》して言うと、私の身体に触れて治癒魔法を使った。おかげで、息苦しさや腕の痛みが引く。

「ジーク様、出番だよ」

シオンがそう言って振り向くと、彼の後ろから微笑を浮かべたジークが現れた。

「後は私に任せろ、シオンはランプを頼む」

スラリと剣を抜いて、ジークはまっすぐに上官長を見据えた。

その目は怒りに燃えている。

シオンはともかく、なんでジークに上官長の姿が見えるの？　理由はわからないけれど、見えるなら好都合だわ。

ジークは、ニヤッと背筋の凍るような笑みを見せたかと思うと、一気に上官長との距離を詰めた。

しかし、上官長は炎の塊《かたまり》を作り出し、ジークを攻撃する。

ジークは華麗に攻撃を避けたが、炎はそのまま周囲に生い茂《しげ》っている草花に燃え移った。

炎は尋常じゃないスピードで燃え広がっていく。ここまで勢いよく燃えるのは、魔法で生み出された炎だからなのかもしれないけど……この場に居続けたら、あっという間に炎にまかれてしまう。

教会の人間は、聖魔法の使い手しかいないと思っていたけれど、上官長は炎魔法の使い手だった。

この場との相性は最悪だ。

思い返せば、シオンに折られた時も手を治したのは、他の残党の男だった。

そしてあの時と同じように、ジークが炎に気を取られた隙に、どこからか残党が現れ、上官長の身体に触れて傷を治した。

「厄介だな」

いつの間にか傍にいたジークが、私を守るように背に庇《かば》う。

上官長は再び炎の塊《かたまり》を作ると、こちらに向かって投げた。

てっきり避けると思ったのに、彼はそのまま氷の盾を張ってそれを受け止めた。

氷の盾は一瞬にして溶けて、熱風がジークを襲う。

「これ以上避け続けて、周囲を燃やされたら厄介だと判断したところまでは評価いたしますが。いつまでも防ぎきれますかな？」

火魔法は氷魔法に優位な属性だ。ジークの属性が氷だと見抜いた上官長は、ジークが攻撃を防いでも防がなくても同じだと言わんばかりに、どんどん火の塊《かたまり》を生成する。

なんで上官長は魔力切れしないの？

確かリオン曰く、教会の残党は魔力がある者でも、王立魔法学園の落ちこぼれ程度。それなら、私に毛が生えたほどしか魔力がないと思ったのに……

その疑問はすぐに解けた。

上官長は隙を見て、グスタフやシオンも持っていた魔力回復薬を服用しているのだ。

ジークは防戦一方。

上官長が回復薬を飲む一瞬の隙を突いて、シオンは私を近くの草むらに引き込んだ。

ある程度上官長から離れると、彼は私の両肩に手を置き、捲し立てるように早口で話し始めた。

「レーナ様。さっきジーク様がこの辺りを氷魔法で冷やしたから、僕とジーク様に認識阻害の魔法は効いていない。でも――」

シオンの話は中断された。シオンを狙って炎の塊《かたまり》が飛んできたからだ。

「チッ」と舌打ちをして、シオンが私と反対方向に飛んで炎を避けた。

私とシオンを引き裂くように、魔法で作られた炎は草花も燃やす。

しまった、と思った時にはもう遅く、炎の壁のせいでシオンのほうへは行けなくなっていた。

その時、私から少し離れたところに、大事そうにランプを抱えてしゃがみ込む教会の男を見つけた。

あの『ランプ』が、おそらく認識阻害の魔道具。

ここであれを壊しておけば、奴らが今後悪事を働くことは難しくなる。私が今、壊さなくちゃ！

私はジークやシオンと違い、身体強化は使えない。

私はぎゅっとLUCKYネックレス様を握った。

一気に蔓《つる》を伸ばして蹴りをつける。万が一駄目だった時は、飛びかかってでもランプを奪ってやろう。

一気に魔力を流し、蔓《つる》を男に巻きつけようと試みた。けれど、男はすぐにこちらに気づき、ランプを腕に抱えて逃げ出そうとする。

ここで男にランプを持って逃げられたら、次、見つけられる気がしない。

「させないわ！」

私は叫んで男の足に飛びつき、しがみついた。

「チッ、なにをする。放せ！」

「レーナ」

男の叫び声と一緒に聞こえたのは、ジークの声だった。

次の瞬間、パリンッという音がして、男が持っていたランプに氷の塊《かたまり》が当たった。

ランプのガラス部分が砕け散り、灯りが消える。

ジークは一度目を閉じると、カッと目を見開いた。

そんなジークに上官長は、

「認識阻害の魔道具が壊れたからと言って、属性の優位性は変わらない」

と悪態を吐く。

頭に血が上っている様子の上官長は、ジークに向かって容赦なく炎の塊《かたまり》を投げた。

ジークは先ほどまで、炎の塊《かたまり》を氷魔法で受け止めていたのに、今度は身体強化であっさりと避ける。

ジークが防戦から攻撃に転じるのを恐れたのだろう。上官長は炎の塊《かたまり》を次々と生み出すと、ジークに当てるべく放ちまくる。

しかし、ジークはまたもあっさりとそれを避けた。

ジークが避けた炎は後方で着弾し、新たに森を燃やす。

「どうして、私の魔法を受け止めない！」

「もうその必要がないから」

今度は、上官長が身体強化を使って前進した。迎え撃つかと思われたが、ジークはひらりと身を翻《ひるがえ》す。

「なぜ、向かってこない」

「なぜって……私がリスクを冒す必要がもうないからさ」

ジークは憤怒を露《あらわ》にする上官長を、涼しげな顔で嘲《あざけ》る。

そして、次の瞬間――

「カハッ……」

上官長が突然、口から血を吐き出した。

なにが起こったかわからないという顔で、上官長が目線を落とす。その視線の先には、彼の胸から飛び出す、見覚えのある緑色に艶めく剣があった。

「遅くなりました。時間稼ぎをしていただき、ありがとうございます。ジーク様」

「血の盟約は便利だね。到着が早くて助かったよ。後は任せるよ、リオン」

ジークはリオンが来ることをわかっていたようで、役目は終わったと剣を鞘《さや》に収めた。

リオンが、自身の魔剣で上官長を背後から深く貫いたのだ。気配などまったく感じていなかったので、私は息をするのも忘れるくらい、度肝を抜かれた。

「魔法省……め。……せ、めて道づれに」

そう上官長は言って、掌をリオンに向けてかざす。

けれど、一向になにも起こらなかった。

「炎魔法の使い手の自爆は大変厄介です。まぁ、自爆を引き起こせるほどの魔力があれば……のお話ですが」

リオンは薄く笑うと、ズルリと魔剣を上官長から引き抜いた。それを地面に向かって一振りし、付着していた血をすべて払い落とす。

それからリオンは慣れた手つきで、魔剣を手首から自身の中に収納し、血の流れる上官長の傷をあっという間に治した。

「なぜだ、なぜ……急に魔力切れに……」

困惑した様子で、身体を戦慄《わなな》かせる上官長。

そこからは、一方的だった。

残党との間合いをリオンが詰め、手首から魔剣を取り出す。ほんの少し斬りつけただけで、男達の魔力が次々と剣に吸われていく。

圧倒的、これが……魔剣。

一瞬で魔力を吸い、敵の戦力を削ぐ。たった一人で戦況を変えてしまえるほどの恐ろしい武器。

後は魔力切れになって動けない男達を、後から来た魔法省の職員が次々と捕縛していった。

これで、今回の事件はすべて終わったのだとわかった。

教会の残党が街道を封鎖した理由は、やはり麻薬のせいだった。

グスタフの捕縛が教会に与えた影響は大きかった。

これまでは、教会の権力故に見て見ぬふりをされていたことが、次々と追及されるようになったのである。

特に、実力のある治癒師が離れていったのが運営資金的に大打撃だった。

信仰心などなく教会に縛られていた人達は、留まる理由がなくなればすぐに辞めていった。

魔力が強ければ、他にいくらでも仕事を得られる。

それ故に残ったのは、魔力がろくにない、もしくはまったくない者ばかり。

そんな彼らが金を得るために目をつけたのが、教会が以前から秘密裏に行っていたケシの栽培だった。

治癒師の代わりに、人の心を縛りつけ湯水のごとく金を生み出す――麻薬。

グスタフが捕まってからというもの、教会に対する監視の目は厳しくなる一方。そのため、アンバー公爵等が不在かつ街道を封鎖している間に、ケシを採取し、安全な場所まで輸送する手はずだったのだ。

麻薬は民衆の心を得るためには、うってつけの代物である。

そして、魔力が少ない者が扱うにしても……

今回の計画を練った教会の残党の捕縛。

そして、大量のケシの回収。壊れてしまったけれど、認識阻害の魔道具の押収と街道の封鎖の早期解除。

これらのことから、事件が解決したと言っても十分だと思う。

ジークは事件の聴取を理由に、再びアンバー領に留まることになった。

私も助けてもらってばかりでは悪いと思い、聴取後も彼がアンバー領に留まりやすいように、

『あのような事件の後で怖い。ジーク様には一緒にいてほしい』などとしらじらしく言った。

メイドが席を外したわずかな隙を狙って、ジークは『感謝する』と短くお礼を言ってきた。

「私にできるのはこれくらいですから……後は、滞在なさるおつもりなら、ご自分でなんとかなさってください。口は私よりもお上手でしょう」

トゲトゲとした言葉を投げかけると、「言うねぇ……」とジークは笑った。

五　夏が終わる

「いろいろあって、夏休みらしいことをしてないーーーーー！」

なんで、どうしてなの、もう、もう、もう⁉

メイドがいないのを確認してから、自室のリビングのソファに転がって、足をばたつかせて悶絶《もんぜつ》してみても、エビ反りしてみても、夏はもう戻ってこない。

事件に関わると、事件解決、ハイ終わり、というわけには当然いかない。

前回の第二王子暗殺未遂事件同様、しっかり聴取の時間がやってきた。

アンバー領内での、教会の残党によるケシ栽培、麻薬の製造のことはもちろん。

私かシオンが魔剣を所持しているのでは？　と疑っている教会の人間が、他にいるとなると、安全面にも大きな影響があるため、今後の対策も含めて聴取は長時間に及んだ。

同じことを何度も聞かれるし。

不在だった私の父にもそれはもう、なにがあったのか私の口からも詳細を説明しないといけなくて、ほんとーーーーーーに大変だった!!

聴取から解放された頃には、すでに九月になろうとしていた。

もう夏休みがほとんど終わっているじゃないの!?

全然夏を満喫できてないんですけど。今から取り返すしか……

まずはあれね、海！

あの素晴らしい海にまだ一度も入ってないとか、あり得ないでしょ。

海に入った後は、アンナお薦めのスパに行って海水を流して、少し遅めの昼食を高級ホテルで取って、アフタヌーンティーを楽しみながら女子会を毎日すれば取り返せる！

「ねぇ、僕まだ海入ってなかった～。皆は入らないの？」

当然のように、いつの間にかたまり場になった私の部屋で、シオンがそう発言した。

「シオン様、残念ながらもうこの時期になると海に入れないのです。小型の魔物が海の中に集まってきますので、危険で泳げません。九月末になれば移動するので入れるでしょうが……その頃には学園に……」

アンナが申し訳なさそうにそう言う。

う、海がなくても、スパがある。朝からゆっくりスパで温泉に浸かって、いろんなエステをして、少し遅めの昼食を……

「海に入れない時期は、私達が行くようなスパも休業になるのが残念ですわ」

ミリーがため息を吐きながらそう言った。

「仕方ないわよミリー。利用客が減る時期に長期休暇を取れるからこそ、いいスタッフが集まるのですから」

はい、私の夏終わった。


私が父と母から今後のことで大事な話があると言われたのは、海に入れないとか嘘でしょ……と海を見つめる日々を過ごしていた時であった。

再び起こってしまった教会絡みの事件。

大事な話というのは、シオンの後見人について、今一度考えてから結論を出したいということだった。

『送り火の日』が終わったら、改めて時間を取り、食事でもしながら話そうとのことだ。

送り火の日というのは、ミリーがシオンに説明していたのを抜粋《ばっすい》すると、この時期アンバーの海に集まってくる魔物を、特殊なランタンを用いて追い出すお祭りらしい。

追い出せる方法があるなら、すぐに追い出せばいいのにと思うけれど、そうしないのは生態系などの理由があるらしい。

もっと早く追い出してくれれば泳げたのに……と感じるものの、それは置いといて説明に戻る。

もともと送り火の日は一日だけで、貴族が魔物を追い出すために、魔力を込めた特殊なランタンを飛ばしていた。

そこから、海に入れない観光地を盛り上げる目的で、誰かが送り火の前日にランタンを売り出したのが当たったそうだ。

それから、どんどんランタンを飛ばす日が増えていき、正式に送り火の日程は七日間と決められ、最終日は貴族が魔力を込めたランタンを飛ばすのだ。

前六日間は、観光客向けに、死者を安らかに送るとか、願いを叶えるだとか……

要は、理由は後付けで、とにかく海に入れない観光地を活気づけるため、庶民でもランタンを飛ばせるようになったというわけである。

祭りの開催期間中は、数え切れないほどのランタンが夜空に飛ぶため、幻想的な景色が見られるそうだ。

フォルトと一緒に私の部屋に入り浸っていたシオンは、父が私に、送り火の日が終わったら後見人について改めて話をしようと言った翌日から、姿を見せなくなった。

シオンのことを考えていたら、ふと請求書のことを思い出した。今更だけど、クリスティーにお金を入れてシオンに渡すように言付けた。

なんとなく会いに行きにくかったのだ。改めて後見人を考えるなんて言われたんだもの。

どう言葉をかければいいかわからなかった。

そんなこんなで、送り火の日は始まった。

私の部屋の窓からも、いくつものランタンが見えた。こんなところまで飛んでくるのか。

もっと近くで見たいけれど、一人で行くのは危ないだろうなぁ。

私はテラスまで下りてうろうろしていた。

辺りは暗いし、すでにメイドは下がっている。

私は初めてでも、レーナにとっては見慣れたものだったのかな……だからわざわざ見には行かないと判断されたのかな？

ジークが滞在しているので、寝るまでは、一応訪問があっても会えるようワンピースを着ている。けれど、髪はセットされていない。

ジークを誘ってみようかな。でも、こんな時間に部屋に行ったら怒る？　いや、誘ったとしてもうまく断られそう……と悶々《もんもん》としていた時だった。

シオンがやってきたのだ。プライベートビーチのほうから、私の家なのに、すでに勝手知ったる我が家のような感じで。

「そんなにうろうろするくらいなら、見に行けばいいのに」

シオンは小さく笑って、私を見つめる。

「人混みは危ないって流石《さすが》にわかっているし、時間も遅いから……なんの用？」

なんとなくきまりが悪くて、フンッとすねてみた。

「ねぇ、これやんない？」

シオンがそう言って出してきたのは、意外にもランタンだった。てっきり、領収書でも持ってきたかと思った。

なんていうか、そういうキャラじゃないでしょ。お金の無駄とか思ってそうだし。

「あっ、お金の無駄ってのは思っているよ」

私の心を読んだようにそう言われる。

「お金、ありがとね。これサービス。レーナ様一人じゃ買いになんて行けないでしょ」

こっちの返答を待たずに、シオンは私の手を取ると、プライベートビーチのほうへと進んでいく。

抵抗する理由もなく、私は引かれるままに向かった。

ビーチに出れば、ランタンが夜空に舞い上がる景色がより近くで見られ、一層美しかった。

家のプライベートビーチから、観光客がランタンを飛ばしている海岸まで距離はある。

けれど、遮るものがなにもないため、遠くからいくつものランタンが空へと上がり、帯のように風の流れに乗って流れていくのが見える。

美しいのは空だけではない。夜空を舞うランタンの姿が、海に映るのがさらに美しい。

思わず息を呑むほどに。

いつまでもいつまでも見ていられそうな光景。これがあと六日間も見られるだなんて、すごいなぁ。

海に入れなかったことはとても残念だけど……この景色を見られたことで、まぁいろいろ帳消しかなと思ってしまうほどだった。

魔物を追い出すために、亡くした人を偲《しの》ぶために、そして願掛けするために……と、ランタンを飛ばす思いは人それぞれだ。

それでも、目の前の光景は美しかった。

白い砂浜に足を取られ転びそうになりながら、私は空を眺めたまま足を進めた。

「シオン、すごい。すごくきれいね、見ている？」

「見てる見てる。ほら、これ持ってて」

テンションが上がってはしゃぐ私と違い、シオンは冷めた反応だ。

海の近くまでやってくると、彼は淡々とランタンを準備しだした。

火の魔法が使えない私達。

私に飛ばないように持っていろと指示して、シオンはマッチみたいなもので火を点ける。

「アツっ!!」

ちょっと、結構熱いんですけど。

反対側をシオンが持ったものの、熱さのせいでランタンをじっくり見るなく、あっという間に私達は手を放した。

ランタンはゆらゆらと揺れながら、風に流され空に昇る。

てっきりゴチャゴチャ言うと思ったのに、シオンはなにも言わずに風に乗って夜空へと昇って行くランタンを眺めていた。

なんだか調子が狂う。

「なにか願い事した？」

慣れないシオンとの間に戸惑って、思わずそう聞いてしまう。

「……孤児院の皆のこと偲《しの》ぶために買ったんですけど」

はい、バッサリ。

「あっ、ごめんなさい」

その後の聴取で、やはり孤児院の人達は亡くなっていることがわかった。シオンの守りたかった孤児院の人達はすでに皆いない。意図せず不謹慎なことを聞いてしまったと思い、私は謝罪した後、黙った。

「…………したよ」

沈黙に耐えられなかったのか、今度はシオンがばつの悪そうな顔で口を開いた。

「え？」

なに？

「願い事。もったいないじゃん……偲《しの》ぶためだけにお金使うの」

なるほど、お金がもったいないから偲《しの》ぶプラス願い事の二つを実行したと。

「それで、なんて願ったの？」

「それ命令？」

シオンがランタンから私に視線を移した。

「そういうつもりじゃないけど……気になっただけ」

「そう、まぁいいか。えっと、後見人なんとか決まりますように。厄介事にもう二度と巻き込まれませんように。学校を無事卒業できますように。フォルト様とこれまで通りいられますように」

シオンは再び舞い上がるランタンに視線を戻しながら、願い事をいくつもあげる。

「ちょっと、ランタン一つに願い事多すぎない？」

「あと、いい出会いがありますように」

シオンは呟くと、また私を見た。

「厄介事に僕を巻き込んでこなくて……後先考えずに人を庇《かば》ったりしない。頭がよくてかわいい。胸の大きな――」

「おいっ」

思わず貧乳センサーが反応して、シオンにチョップをお見舞いする。

わざと私に当てつけて言っているでしょう、これもう。

シオンは頭を擦《さす》りながら、私をジロリと睨みつけた。

「おっさんみたいなツッコミをしない」

「まだ言う？　いつか理想の女性に会えるように、そこでずっと祈ってなさい」

私はランタンの舞う美しい景色に背を向け、一人ズンズンと家に戻るべく、来た道を早足で進んだ。

「……………公爵令嬢なんかじゃない人」

暗闇を淡く照らすランタンを背に、小さくなる人影をぼんやりと目で追って、シオンは囁いた。

しかし、その声はあまりにも小さく、はっきりとは聞こえなかった。


ランタンは次の日の夜も、さらに次の日の夜も、空へと舞い上がっていた。

本当は皆が飛ばしているところで見たかったけれど、人が多く危険ということで、やんわりと困った顔をしたメイドに断られてしまう。

安全面を言われてしまうと、お荷物要員の私は引き下がるしかない。

観光客も祭りの間は多くなるため、安全上の理由で、アンナとミリーも昼間ですら私の家に遊びに来ることは叶わない。

観光客の中には豪華な家を見てみたいという輩《やから》もいるようで、護衛は家の周りやプライベートビーチに人が入り込まないか、見張りで大忙しだ。

もっとも、私の家のプライベートビーチは、隣の家のプライベートビーチに挟まれているため、護衛は立っていない。

何軒か先のプライベートビーチエリアと、一般の人が入ってもOKなビーチの境目には、護衛が何人も立っているそうだ。そこから人が入り込まないように、連日ピリピリしているとか。

私は中庭に出て、今夜も流れてくるランタンを眺めながらため息を吐いた。

口に含んだジュースが温《ぬる》くなっている。しかし、次の瞬間、それがグラスごとキンキンに冷えたことで、私は誰が来たかわかった。

「ずっと見ているけれど、飽きないのかい？」

庭に出て眺め続ける私に、今夜の来訪者――ジークがそう話しかけてきた。

「飽きませんよ。むしろ私も参加しに行きたいくらいです」

「誘ってくれれば、一緒に行くけれど」

「安全の面で行きたくとも行けないのです……。アンナとミリーも日中私の家に来られないほどですから。せめて、もう少し近くで見られたらなぁ」

その時、私はふと思った。ジークに見たいとねだったらどうなるのか、と。

「酷く混むと言っていたが、日中でもそれほどなのか……」

混み具合を知らなかったジークが、考察ポーズをしながらそう相槌《あいづち》を打った。

ジークを人ごみに連れ出したら、それこそもみくちゃになるぞと思いながらも、私の心に悪いレーナが現れささやく。

混んでいることを知っての上で、無茶ぶりをしたらどうなるか。困らせてやれ、と。

「ジーク様」

「なんだい、レーナ？」

「もう少し近くで見たいです」

「それは、先ほどの話を聞いた上で、なんとかして近くに連れて行ってと言っていると受け取ってもいいのかな？」

にこやかに微笑まれる。

「誘ってくれれば一緒に行くと、先ほど仰っていましたよね？」

「いいよ」

実にあっさりとジークは頷いた。粘ってみようかと思っていたのに、予想外にもすぐに了承されたものだから、思わず目を瞬《しばたた》かせる。

ジークに手を引かれ向かったのは、プライベートビーチだった。

シオンもこちらから来たから、どこか抜け道でもあるのかしら？

ジークは迷うことなく歩き続ける。私も遅れないように、少し小走りで後をついて行く。ランタンの灯りが空に浮かぶのが見えた。

やっぱりきれいだわ。

ところで、どこから行くのだろうと思えば、ジークは一直線に海を目指している。

「ジーク様、そちらは海です」

「知っているよ」

「あの……この時期は魔物が出るので、海には入れないのですよ。この辺は遠浅とはいえ、本当に魔物がいたら……」

私の制止など聞かずに、ジークは歩く。手を引かれている私は、海に近づくにつれ歩みが遅くなる。

波打ち際まで来た私は、完全に立ち止まってしまった。だって、これ以上進めば海に入ってしまうんだもの。

もしかして最初から、ジークはランタンを見せに連れていく気がなかったのかも。

ジークは魔物を倒せるが、戦闘能力のない私には無理。

私から諦める言葉を待っているのだろうか？　これは一度了承して、持ち上げてから落とす嫌がらせなのか……

ゲームをプレイしていた時は、魔物と戦ったこともあるけれど、こちらの世界に来てからそもそも本物の魔物を見たことがない。

わざわざ海に入れないというくらいだから、きっと本当に魔物がいるんだろう。

「あの、私」

戦闘なんて無理ですからね、と言うよりも先に、

「行こう」

とジークに引き寄せられる。気づくと、私は彼に抱き上げられていた。

「あわわわわ」

魔物のいる海に落ちては大変だと、私は慌ててジークの首に腕を回した。

ジークがなんの躊躇《ちゅうちょ》もなく、一歩を踏み出す。

魔物は？　襲われたらどうしよう？

恐怖で私はギュッと腕に力を込める。

遠くの砂浜には、警備員が立っているのが小さく見えた。

魔物がいるから、遠浅とはいえ海に入るやつは普通いない。

警備員も想定していない、遠浅の海を夜に紛《まぎ》れて横断するルートで街に行くつもりなの？　いくら遠浅とはいえ、足濡れないの？　魔物は浅瀬にはいないの？　どうなの？

たくさんのなんで？　が頭に浮かぶ。

「見ないのかい？」

頭上からジークに声をかけられて、私は上を見た。

ランタンはちょうど私達の真上を通り、ゆっくりと上へ上へと向かって飛んでいく。

透明度の高い水面は夜空の星を映し、足元にも星空が広がる。

そして、水面には星空同様、ランタンの灯りも美しく映っている。

上にも下にもランタンの灯りが淡く灯《とも》る、なんとも幻想的な場所に私達はいた。

言葉がすぐに出てこなかった。

それほどまでに今いるこの場所は美しい。

「……きれい」

ようやく出たのは凡庸《ぼんよう》すぎる言葉だった。

私が呟いたのを見て、ジークがいつもの愛想笑いではなく、どうだと言わんばかりに得意げに笑った。

その表情に私は鼓動が早まるのを感じ、一瞬呼吸を忘れる。

悪役令嬢として、絶対ジークにだけはときめくまいと思ったのに……いつもとは違う子供らしいジークに、思わず頬が熱くなる。

アカーン⁉　ときめいたらだめ！　ジークは、悪役令嬢レーナである私には手に入らないんだから。

ノーサンクス破滅。

私は目を伏せ、これ以上ジークの顔を見ないように努めた。

「どうして視線を逸らすんだい？」

さっそく私の行動を指摘される。

「そんなことは……」

そう言って、強がった私はジークを再び見上げる。

お姫様抱っこで、私が首に腕を回しているから仕方ないのだけれど……顔が近い。

流石《さすが》にこの至近距離で、そのきれいな顔でマジマジと見つめられては、ドキドキしてしまう。

視線を逸らしたくて仕方ないが、そうしたら、いつものように意地悪く追及されるだろうから逸らせない。

こいつ、自分の美貌を自覚して私に勝負を挑んできているに違いない。

絶対に負けるもんですか！

勝手に負けん気を発揮すると、ついついジークをきつく睨みつけてしまう。

そんな私を面白げに、ジークの碧《あお》い瞳がじーっと見てくるものだから、たまったものではない。

……心臓に悪いわ！

「私ではなく、空を見てください。この美しい夜空を‼」

このまま見つめられては負けると、私はジークに別のところを見るように促す。

「ランタンを見たいと言ったのはレーナだろう？　君は存分に見ればいいよ。私はこっちのほうが百面相で面白い」

ニッコリと微笑んだ彼に言われてしまう。

「なら、私を見つめるのは止めてください」

「うーん……ヤダ」

私をお姫様抱っこしていることで、手がふさがっているジーク。もし、彼の手が自由だったら、その手は口元に運ばれて考察ポーズをしたことだろう。

たっぷりと間があってから、子供のようにいたずらな笑みを浮かべながら答える……いや、十三歳は子供か！

私はジークの首に回していた腕を外して、彼の目を両手で覆った。

「レーナ、これじゃ見えない」

「見えないようにしておりますからね！」

残念でした〜っと、私は心の中で舌を出した。そんな私に向かって、ジークは口元を引きしめて言葉を続けた。

「……レーナ。私はこれまで君に酷いことをしてきた。すまなかった」

「なんでこのタイミングで謝罪するんですか⁉」

「君の目を見て謝罪する勇気がなかった。それでも、謝らないといけないことはわかっていたからね。本当にすまなかった」

「ジーク様が素直だと……なんだか調子が狂います……」

絶対なにか裏があるはずよ、と思わず疑ってしまうのは、間違いなくこれまでのジークとの関係性の歪《ゆが》みのせいだ。

「…………」

私がそう言うと、ジークは黙った。

私、そんなに酷いこと言ったわけじゃないぞ。黙られたら、まるで謝罪を受け入れない私が悪いみたいじゃないの⁉

思わず口をへの字にする。

「……ぷっ」

一人慌てていると、もう耐えられないとばかりに、ジークが噴き出した。そして、急に笑い出したのだ。

「え？」

なんで笑われたの？

わけもわからず私は、珍しく声を出して笑っているジークを前に固まった。

「視界を覆われているから、君の顔は見られないが……恋愛小説に出てくるヒロインなら、このシチュエーションで絶対に言わない台詞《せりふ》を、さっきの声色《こわいろ》的に、到底ヒロインがしないようなうんざりとした表情で言ったかもと想像したら……ツボに入ってしまった。失礼」

「なっなっ、失礼なっ」

「失礼なのは君のほうだろう。私には条件は満たしているんだから、恋愛小説のキャラに寄せてロマンチックなことをしろと言うわりに、君はヒロインらしからぬ振る舞いの数々。私のほうがどうしていいかわからないよ。言動に統一性を持ってほしい」

私だって悪役令嬢に転生してから何度か思った。ヒロインだったら、ヒーローが助けてくれるから、自力で脱出とかしないよねとか。

そもそも恋愛小説だったら、皆が嘔吐《おうと》した部屋にヒロインがいるとか、絶対ないだろうなとは思ったもの。

「ぐぬぬ」

ジークの指摘が的を射すぎて、悔しくて唸《うな》ってしまう。

「『ぐぬぬ』って……そんなこと言うヒロインいないだろ。あー駄目だ。海の下には魔物がいるのに、このままでは笑いすぎて、君を落としてしまいそうだ」

「いやいや、なんで私だけ海に落ちるんですか！　というか、恋愛小説でヒロインを海に落としてしまった、うける、みたいなこと言って笑うヒーローいないでしょ！　おかしいでしょう!?」

落とされたらたまったものじゃないと、私はジークの目元に当てていた手を放して、首に腕を回しギュッと掴まった。

「幸いロケーションは最高だから、魔物に四肢《しし》を切り裂かれたりしなければ、とてもロマンチックに死ねるんじゃないかな？」

どれほど笑うのを我慢していたのか、ジークの瞳にはうっすらと涙が浮かぶ。

「ジーク様が思い描くヒーロー像がめちゃくちゃです」

私が喚《わめ》くと、ジークはふっと小さく笑って、目を細めた。

「あーもう、君相手に猫を被り続けるのは無理だな。残念ながら、これが素の私だから仕方ない。素敵な景色を見ても、なんだかんだやっぱり私達の仲は進展しないね。ランタンの灯りを二人で眺めて、紳士的に送るつもりだったのに。はぁ。——台無しだよ、レーナ」

君のせいでパーじゃないか、みたいな呆れ顔で言われても……

見上げた夜空を漂うランタンは、ため息が零れそうなほど美しくて。ランタンが映る海面とあいまってこの上なく幻想的な場所に、屈指《くっし》のイケメンといるのに色気は皆無。

それにしても、今どこにいるの？

遠浅だから、引き潮で現れた砂浜をうまく歩いてきたのかと思って、冷静に周囲を見回したのだけれど……

明らかに浅瀬ではなさそうな海が広がっておりました。

前も海、後ろも海、横も海。

「えっ、ちょっと待って、どうやって私達はここに立っているのですか？」

「足場になるところだけ、海を凍らせている」

実にわかりやすく簡潔な答えを得た。

「魔物は？」

「いるだろうね、海の中に。でも、ここの魔物は空気に触れると死んでしまうから、海面から出ることは決してない。だから落ちない限りは大丈夫。もう笑わないから、景色を楽しもう」

ジークは優しい目で囁くと、今一度視線を夜空に戻す。

先ほどの爆笑とは一転、ジークはどこか悲しげに、ずっとずっと空を見上げていた。

まるで、空を飛ぶランタンになにか願いを込めるかのように。

『泣いちゃだめよ、レーナ。貴方は公爵令嬢なのだから、涙を見せず、感情を悟らせず笑っていないといけない時があるの。そういう時はね、貴方を大事に思う人がこうしてくれたことを思い出して、その人のために笑うのよ』

その瞬間、レーナの母がそう言って、頬にキスしてくれたことを唐突に思い出した。

頭の中に、レーナの記憶の一部が流れ込んだのだ。

父が、母が、祖父が、祖母が、小さい頃から私の世話をしてくれたクリスティーがしてくれた、泣かないおまじないだ。

私はジークの頬に軽くキスをした。

「私は……泣いていただろうか？」

私が頬にキスをしたのが、泣かないためのおまじないだとジークは見事に悟ったようだ。

「いいえ。ですが、私がおまじないをしたと思ったということは、泣きそうだったのではないでしょうか？」

「君は、まったく急に……恋愛小説のようなことをするね。さて、そろそろ戻ろう。君が満足するまで見せてあげたいところだけれど、万が一ここで魔力が切れると困るからね」

ジークは柔らかく微笑んだと思ったら、私を抱えたままプライベートビーチの方向に引き返す。

彼の足が一歩進むと、音などはしないまま海の水が凍る。氷からジークの足が離れると、氷はあっという間に溶けていってしまう。

プライベートビーチまで一直線にジークは進む。

あっという間に砂浜まで辿り着き、私は地面に下ろしてもらった。

ジークは長時間、決して軽くない私を抱えていたせいか、軽く腕を回している。

「ジーク様、ありがとうございました。本当に悔しいですが、ため息が出るほどきれいでした」

軽くおじぎをする。「悔しいって……」と、私の言葉を聞いてジークはまた噴き出した。

それが癪《しゃく》に障《さわ》って、私は下ろしてもらったのをいいことに、ジークを置いて部屋に向かって先に歩き出す。

「レーナ」

「なんですか？」

名前を呼ばれて振り返ると、ジークが私に向かってゆっくりと歩み寄ってきた。

そして、ジークの顔が近づき、私の唇の横……というか、もうこれ口じゃないのかという位置に——ちゅっと軽くキスをされた。

「なっ、なっ！」

なにか言ってやろうとする私より早く、ジークは口を開く。

「君と同じおまじないだ」と。

そして、すっと私の頬に片手を添えると、優しく囁いた。

「以前『会いたい』と手紙を送ってきただろう。君が私に手紙を寄越した意図を考えていた。きっとあの時の君に、これは必要だったはずだ」

私は急に会えなくなった家族や友達のことを思って、ジークに手紙を書いたことを思い出した。

レーナの中身が、別人であることなど周囲にばれるわけにはいかなかった。でも、元の世界の家族や友達のことを考えると、不安で不安で仕方なかったのだ。

あの日の私には確かに、涙を我慢して笑顔を見せられるおまじないが必要だった。


送り火はつつがなく終了した。

最終日は魔力持ちが、海岸の一番いい場所で魔石のついた特殊なランタンを夜空に飛ばすというものだった。

見た目は普通のランタンと変わりはないが、魔石を火の代わりに使用しているため熱くない。

既定の魔力を魔石に込めれば飛ぶランタンを、私の父をはじめとする高魔力持ち達はあっという間に飛ばしていた。

まぁ、私は時間をかけないと飛ばせないので、顔は優雅に保ちつつ、それはもうじっくりランタンに『ふんぬらぁぁぁあああ』と気合を入れて魔力を込めた。

『いい加減飛んでよぉぉぉぉ』と思いながら、ようやくランタンを飛ばしたけれど、楽しめましたとも、えぇ。

以前父と母が話していた食事会は、送り火の翌日、予定通り行われることとなった。

食事会というくらいだから、近郊の貴族なんかも招いているのだろうか。

日が沈む頃、我が家に今夜の客人がやってきた。

今日まで延期されたシオンの後見人問題。夏休みが終われば、また学園に戻ることになるので、決まってくれればいいのだけれど。

他の貴族がいる場で、公爵令嬢レーナが粗相《そそう》をするわけにはいかない。

いつもは私が失敗しないように、アンナとミリーが先回りしてくれたり、ミスをしても即座にフォローしてくれたりしたものの、今日二人は来ない。

あまり実感することはないが、私の中にはやはりレーナがいて、レーナが受けてきた教養がふとした時に出る。

でもそれも都合よく、あれこれ引き出せるものではない。淑女教育を受けているはずの公爵令嬢として、失敗しては大変だと、今日までマナーのおさらいに余念がなかった。

今日は私にとっても、中身が本当のレーナじゃないことがばれるかばれないかの勝負の日であった。

しかし集まったのは、学園から帰ってきた日の食事会のメンバーである、私の両親とフォルト、フォルトの両親、シオン。

それに、リオンとジークを加えた、想像していたよりもずっとこぢんまりとした食事会だった。

シオンは珍しく緊張した面持ちで、末席に腰を下ろした。

父が簡単な挨拶をした後、乾杯があり、食前酒……と言っても私はジュースに口をつけた。

「今回集まっていただいたのは、娘レーナと血の盟約を結んだシオンの後見人についてだ。まずは、魔法省の見解を聞かせてもらおうか。調査は済んでいるな」

「はい」

そう言って、書類の束を持って立ち上がったのはリオンだ。

「それでは、後見人の話を進める前に、魔法省の見解に耳を傾けながら食事を始めよう」

父が控えている給仕に目配せをすると、鮮やかなピンク色が美しいサーモンのタルタルが私の目の前に運ばれてきた。

しかし、今日ばかりは真っ先に料理には手をつけず、珍しく不安そうにしているシオンの後見人に関わる話に耳を傾けた。

「初めに、シオンから話を聞いた上で、魔法省も彼の発言に矛盾がないか調査いたしました」

今回の事件も教会絡みだった……教会との関係が切れているかわからない人物の後見人にはなれない、といったところかしら。

「えー、アンバー領でシオンが治癒師として働いていたところ、今回のケシの栽培をおこなっていた教会の残党の男が、何度か接触していたのは事実でした。以上のことに間違いは？」

リオンの問いをシオンは肯定した。

「間違いありません。治癒師として働いていたところ、教会の残党……かつての僕の上官だった男に接触されました」

「なぜ接触された段階で誰にも報告をしなかった？」

私の父がシオンに疑問をぶつけた。

「それは……教会との繋がりを疑われたくなかったからです。レーナ様かフォルト様の家との後見人の話が持ち上がっていたので……その話が流れることが……怖かったのです」

シオンは膝の上でぎゅっと拳を固め、俯《うつむ》き加減で答える。

「シオンは間違いなく裏切ってなどいませんでした。今回の事件は、シオンが俺を昏倒させたふりをした際に、メモを残してくれたので、教会の残党が認識阻害の魔道具を持っていることがわかり、魔法の痕跡を魔法省が追えたのです」

フォルトが必死な表情で、すかさずシオンをフォローする。

この夏、シオンはフォルトの家に滞在していた。

二人で過ごす時間がこれまでよりたくさんあり、仲を深めたのだろう。フォルトは大切な友人であるシオンを助けたい一心のように見えた。

「では、どうしてレーナを巻き込んだ。血の盟約を結んでいたなら知っていたはずだ。娘には大して魔力がないことを……」

私の父が厳しい顔でそう言った。

父の問いにシオンはきつく目を閉じ、唇を噛みしめた。そんなシオンを見て、私も言うべきことを言わねばと口を開いた。

「聴取でも聞かれましたが、そもそも土砂崩れの調査に行こうと言い出したのは、シオンではなく私です。シオンは反対しましたが、そもそも血の盟約があるので、私が言ったらシオンには止められなかったのかもしれません……」

今回シオンを巻き込むきっかけを作ったのは、間違いなく私。

今回の事件が未解決に終わったら、民の不満がどうなるのか、クライスト領との仲がどうなるのかとシオンの前で案じたのも私だったのだから。

「それに教会の残党のもとに向かったのがシオンだけだったら、魔法省は迅速《じんそく》に動いてくださいましたか？　現に私は、フォルトにシオンを助けに戻ろうと言ったところ、魔法省の応援が来るまでは無理だと断られました。そうでしょう？　フォルト」

フォルトのほうを向くと、彼はばつが悪そうに頷いた。

「そうだ、俺はシオンとレーナ嬢の命の重さは違うと判断した。だから、万全の態勢ではないなら、動けないと言った」

聞こえるように、私の父がため息を吐く。

「今回の事件の結果だけに着目すれば、大きな負傷をした者は誰もおらず、計画を練った残党はすべて捕縛され、麻薬も破棄された。これ以上ない、よい結果だろう」

「なら――」

「しかし、これはたまたま運よくいっただけのこと。……異議は？」

口を挟もうとした私を窘《たしな》めるかのように、公爵としての顔で父は私を見つめた。

「レーナが連れて行かれた結果、魔法省は準備が整わずとも、後を追わないといけなくなった。次期領主候補であるフォルトも、動かざるを得なくなった。ジークも、レーナ――お前が攫《さら》われていなければ、危険があるとわかっているところに、飛び込まなくてよかったんだ」

運がよかっただけだと、はっきり言われた。

私が考えなしに始めたことは、私だけではなくいろんな人を危険に晒《さら》したのだ。

「魔力が弱いゆえに、周りに人を置き守らせ、必要以上に過保護にして、きれいな世界に留めすぎてしまった。それは私の落ち度だ。でも、身分のある人間としてこれだけは覚えておきなさい。人の命は平等ではないんだよ、レーナ」

言い含めるみたいに、父は優しく優しくレーナの名を呼んだ。

――人の命は平等ではない。

転生する前、それをこんなにも痛感することなんかなかった。

「私達、貴族がこんなご馳走《ちそう》を毎日食べられるのも、高価な服に袖を通すことができるのも、すべて平民よりも重い責を背負っているからなんだ。魔力があるゆえに、平民では解決できないことを我々は解決できる」

フォルトもジークも、そして魔法省の職員だって、私よりもはるかに魔力がある。一人だって命を落とせば、それが及ぼす損出は計り知れないことだろう。

「領主教育の最初に教えることだが、一番大事なのは、自分の命を賭けるべき時を見極めることだ。

今回は、確かに結果だけ見れば、すべてがうまく行きすぎるほどうまく行った。ただ、一人でも欠けていたら結果は違ったということを、忘れてはいけない」

父のその言葉で、私はジークがなぜ上官長の止《とど》めを自ら刺さず、リオンに任せたのかをようやく理解した。

公爵家令息であるジークが、命を賭ける場面ではなかったから。自分の立場をよく弁《わきま》えているから、魔剣を持ったリオンに一番いいところをあっさり譲《ゆず》ったのだ。

私は自分の考えの浅さを再認識した。

「その様子だと、レーナもなぜ私がこんなにも怒っているかわかったな」

「はい。私が軽率でございました」

「では、話を戻そう。リオン。調査を行った上で、お前はシオンが教会と繋がり、我々を裏切ったと思うか？」

父は私の顔を見て頷き、リオンに目を向けた。リオンは父の視線を受け止め、頭《かぶり》を振る。

「いいえ、思いません。上官長の男は、シオンがいた孤児院の生き残りの話をし、言うこと聞かせていたつもりだったようでしたが……シオンはすでに孤児院がどうなっていたかを知っておりました。だから、フォルト様にメモを渡したと思われます」

「……ジーク、君はどう思う？」

場を静観していたジークに、話が振られた。ジークは顎に手を当てながら、微笑を見せる。

「私もリオンと同意見です。教会と繋がっていたなら、残党はシオンが過呼吸で倒れたとしても、麻薬を捨て彼を背負って逃げたでしょう。シオンにはそれだけの価値がある」

「そうか……。短い間だが、皆からの信頼を得ているようだな、シオン。——あれを」

父はシオンに向かって微笑むと、控えていた従者に指示を出した。すると、従者は書類をシオンの前に差し出した。

シオンはそれを受け取り目を通す。すると、急に顔色を変えて、書類を食い入るように見始めた。

「子供には酷だと思って、君のいた孤児院の人達のその後について詳細を開示していなかったが、我々が後見人につくとなれば、不安要素はできうる限り取り除いておきたい。……シオン。君の戻れる場所は、もうここ以外にない」

父はシオンに真剣な表情で告げた。

「フォルト」

「はい」

「フォルトの家をシオンの後見人とする。学園でも同じクラスだそうじゃないか。アンバーの一員としての振る舞いやルールなど、お前から教えてやりなさい」

「——っ！　か、かしこまりましたっ」

フォルトは父の言葉に一瞬息を呑むと、破顔させて頷いた。

一連の会話を聞いていたシオンは、ガタッと椅子から立ち上がり、深く頭を下げる。

「あ、あ、ありがとうございますっ！」

シオンの声は微かに震えていた。そんなシオンを真っすぐに見つめ、父が口を開く。

「レーナの父としては、納得のいかないことがあり、君を娘の周りから排除したい気持ちがないと言ったら嘘になる。だが、他領の貴族がシオンの後見人になって、レーナと血の盟約を結ぶ君を厄介なことに利用されたら困る。ちなみに、この話を後押ししたのはジークだ。お礼は私ではなく、ジークに言いなさい」

こうして、シオンの後見人としてフォルトの家がつくこととなった。

会食が終わると、私の部屋に子供達が集まった。

「ジーク様、ありがとうございます。まさか、公爵様に取り計らってくださったとは知りませんでした」

見たこともないほど、とても丁寧な言葉遣いと殊勝《しゅしょう》な態度で、シオンはジークに頭を下げた。

「俺からもお礼を言う。後見人について、子供だから俺にはなにもできないと思っていたのが、間違いだと知った。シオンは口は悪いが、根はいい奴だ。俺にとって大事な友達でもある。助かった」

フォルトもシオンの横でジークに頭を下げた。

「私としても、シオンの後見人問題は気になるところだったからね。まぁ、レーナと血の盟約を結んでいるから、絶対に他領の貴族が後見人につくなど、公爵様は許さなかっただろうがね」

ゲームではそれぞれ単独行動が多かった攻略対象三人は、この日を境に友達になったようだった。

エピローグ

夏の終わりは、私が夏を満喫してなくてもやってくる。

海には入れないし、有名スパは軒並み休業。高級ホテルも腕のいいシェフは、この時期に休暇を取るため、料理のグレードも落ちると散々。

庶民向けのスパはやっているけれど、公爵令嬢という立場上、気軽に行ける場所ではない。

心の潤いだったイケメンのダンスの先生も、今はもういないし。

唯一よかったことは、事件が起こったことを口実に、自分の領地に帰らず私の家に滞在したジーク……これが、クーラーと冷蔵庫として使い勝手がいい。

氷の魔石は貴重らしく、部屋や飲み物を冷やすのは公爵家でも行き届かないところがあったが、全部ジークのおかげで解決した。

心配だったジークとのギスギスした関係も、すっかり和らいだ。

「レーナ、食後時間はあるかい？」

ジークはそう言いながら、右手に持った、私の書庫にあった本を軽く揺らして見せた。

そう、こんな風に、小説の話をできるくらいにね。

「えぇ、大丈夫ですよ」

「では、昼食後は書庫で」

私のお薦めでも聞きたいのかしら。それとも、先ほど手に持っていた本の感想について話したくなったのかしら。

ジークは恋愛小説に対して、かなり冷めた感想をぶっちゃけてくる。

ぐだぐだ悩むくらいなら、さっさと会いに行けばいいだの。なぜ本人に直接聞かないだの。

もうね、それやれちゃったらジレジレじゃなくなる。

恋愛小説の根底を揺るがしかねない。

ジークの感想を使用人が聞けば、きっと驚いてしまうだろう。

一緒にいるうちにわかってきたけれど、ジークは公爵家の理想の嫡男《ちゃくなん》というキャラを作っている。

処世術とかいうやつだろうか？

ジークが外に出れば人に囲まれるため、とうとうクリスティーが『安全が保証できないので家にいてください』とジークに頭を下げた。

ジークは不満げだったが、表面上はそれを受け入れ、主《あるじ》である私よりもこの部屋で主《あるじ》らしく過ごしている。

ここ最近は、私の書庫から本を持ってきて、いつの間にか彼の席になったリビングのソファで、キンキンに冷えた飲み物とともに読書していることが多くなっていた。

日本とは違いムシムシした暑さではないものの、昼過ぎになれば部屋には日が差し、暑くなる。

それを、ジークは氷魔法でさりげに冷やすエアコン係になっていた。

と言っても、家電とは違い、部屋全体がちょうどいい温度にはならない。それでも術者の近くは快適な温度を保ちやすいようだ。

だから、最初は離れたところに座っていた私だったけれど、数日後には隣に少しスペースを空けて座るようになっていた。

ありゃ、ここは涼しくない、もう少しこっちかな？　ってしていたら、いつの間にか私は自ら冷気を求めて彼の近くに座るようになっていたのだ。

そんなこんなで、涼しいからジークの傍に座っているのだが、私からジークに歩み寄り、いつの間にか寄り添っているようにメイドには見えたらしい。

ジークとレーナには不仲説があったから、メイドはことさら私達を気にかけていた。

特にクリスティーは、誤解だったけどジークが私の上に覆いかぶさっているのを見たものだから、警戒心は特に強かった。

でも、二人の様子を見守るうちに、警戒が薄まり、周囲が私達の時間に気を使うようになってきたのだ。

のこのことジークに誘われて自慢の書庫に入った私。

メイドに淹れてもらったドリンクをサイドテーブルに置いて、『お薦めがいろいろあるのよね。さて、どういうのが好きなのかをまず聞かないとね』なんて思いながら後ろを振り返った。

そこには、にこやかな顔で私に微笑みかけるジーク。

『とっておきをお薦めしてあげよう。ジレジレの罠にはまるがいいわ！』と微笑み返し、どれがいいかしらと本棚に視線を移した。

その時――カチャンとドアの施錠《せじょう》音がして、私はギギギギッと油を差したほうがいいロボットのような動きで、再び後ろを振り返った。

こちらを向いたまま、ジークが後ろ手で施錠《せじょう》したのだと、私はすぐに理解した。

ジークの右手が鍵から放れる。

「ジーク様……一体なにを？」

「さて、散々逃げ回っていたようだけれど。やっと君も周りも油断してくれた。二人きりだね――レーナ」

腹黒キャラはシオンのものじゃない!?

柔らかな笑みのまま、ジークは私へと一歩、また一歩と踏み出す。

私は当然、それに合わせて後ろへ一歩ずつ下がる。

書庫は広くない。書物が日に焼けないようにと窓もない。唯一の出口は、にこやかに笑みを浮かべているジークの後ろの、施錠《せじょう》されたドアだけ。

逃げ場など他にない。すぐに背中が本棚にぶつかった。

これ以上下がることができないため、私に向かってゆっくりと歩みを進めるジークに話しかけて、隙を突いてどうにか逃げるしか……もう手がない。

「いかがいたしましたか？」

「どうやらメイド達が気を利かせてくれたようだね」

案にメイドは来ないよ、と言われる。

「君にずっと聞きたいことがあったんだ」

「あっ、お薦めの小説のことですよね。確かこの辺りに……」

ホホホッと笑いながら、ジークに背を向け適当な本を探すふりをした。

ジークの手が本を探そうと背表紙を這《は》う私の手に、重ねられる。優雅に、ゆっくりと。

「私は明日学園に帰る。だからはぐらかしたりしないで」

耳元でそう囁くように言われる。普段よりも低い声にゾクリとした。

振り返る勇気などない。

なにを聞く気なの。夏休み前のサマーパーティーの時に面倒だから、聞かれまいとしたことだとすれば……

なぜ、王子が学園にいることに気づいたのか？

なぜ、王子が暗殺されようとしていることを知ったのか？

なぜ、図書館の秘密の部屋を知っていたのか？

それとも、別のこと？

レーナの実力で、シオンにどうやって血の盟約を結ばせたのか？　とか。

あ～、これも答えていいのかって話になる。

「まずドアの鍵を開けましょう。施錠《せじょう》されていることに、メイドが気づけば大変です。私も逃げずに質問に答えることを約束しましょう。ただし、一つだけ」

「ひとつ？」

ジークが指を絡めきゅっと握った。不満げな声だ。

「一つです。ジーク様のことで、私も気になっていることがいくつかあります。ジーク様だって、聞かれたくないことの一つや二つや三つや四つや五つ、おありでしょう。特別に、私はジーク様になにも聞かずに一つ答えると言うのです。出血大サービスですよ」

「はぁ、どれだけ君は聞かれたらまずいことがあるのやら。まぁ、いいよ」

ジークの手がしぶしぶといった様子で、私の手から放れた。

後ろを振り向くと、案の定、口元に手を当てて考え込んでいるジークがいた。

「では、まず鍵を開けましょう。私はそこの椅子に座っておりますから、決まったら話しかけていただけますか？」

「わかった」

鍵を開けてから、しばらくは私が逃げ出さないか気にしていたようだ。けれど、私が適当な本を一冊手に取り、椅子に座ってページを開くと、すぐに逃げはしないと判断したみたいだった。

私はというと、本は開いているだけで、頭の中ではなんて答えるかを考えることでいっぱいだった。

どの質問がくるの……やはり王子のこと？　王子のことなのかしら？

ジークはとうとう質問を決めたようで、私の前の椅子に座った。

さて、質問はなに!?　と、私は本から顔を上げてジークを見つめた。

「嘘偽りなどなく話す、と誓ってもらえるかい？」

「ええ、よろしいですよ。嘘偽りなくお話しいたしましょう」

質問一つに、そんな誓いまで立てないといけないわけ？

「君は……学園に本当に戻ってくるのか？」

「は？」

拍子抜けである。悩んで決めたのがこれかと思ってしまう。

以前同じことを尋ねられた際、戻ると言ったのに信用していなかったのか。

ジークは、どうなんだと言わんばかりに私を見つめる。

「王子暗殺は防げた。君にはろくに魔力もないし、無理をして学園に留まる理由などもうないはずだ。その上で、君は学園に戻るのか？」

「当たり前でしょう。なにを今更」

「そうか」

ジークは安堵《あんど》の表情を浮かべた。

私にしたら、こんなことで質問を使われるとは思わなかったけれど、ラッキーだったわ。

「そんな顔をされるとは思わなかったです」

「君のいない学園生活は、いささか刺激に欠ける」

ジークはそう言って、今まで見た中で一番無邪気な笑みを見せたのだった。

Regina COMICS
自称 悪役令嬢な婚約者の観察記録。
1~3
大好評発売中!!!!!
原作=しき
漫画=蓮見ナツメ
Presented by Shiki & Natsume Hasumi
アルファポリスWebサイトにて
好評連載中!!
＼異色のラブ(?)ファンタジー／
待望のコミカライズ!
優秀すぎて人生イージーモードな王太子セシル。そんなある日、侯爵令嬢バーティアと婚約したところ、突然、おかしなことを言われてしまう。
「セシル殿下！ 私は悪役令嬢ですの!!!」
……バーティア曰《いわ》く、彼女には前世の記憶があり、ここは『乙女ゲーム』の世界で、彼女はセシルとヒロインの仲を引き裂く『悪役令嬢』なのだという。立派な悪役になって婚約破棄されることを目標に突っ走るバーティアは、退屈なセシルの日々に次々と騒動を巻き起こし始めて——？
アルファポリス 漫画 検索
B6判 / 各定価:本体680円+税
悪役令嬢の私はヒロインと
直接対決いたします!